U0039825

在時間裡·散步

walk

獻給

母親蔡寶蓮女士、與在天上的父親李垣達先生

物裡學

李明璁

thing-ology

啟蒙、安頓與創造

推薦序之一

詹偉雄 《數位時代》雜誌創辦人

明璁來訊，說《物裡學》要出新版了，由於當年我是寫序人，希望能再爲這本書有個新序。我找出當年舊稿，驚覺那已是 2009 年的事，這十二年間，我們各自歷經人生波折，看待生命意義大有不同。

但我仔細翻閱書稿——除了當年的著作外，明璁又加入了十篇新稿——卻發覺容或對外在世界的判斷、取捨有所不同，但我們在生命內在中本來就敏銳多感的那一塊質地，卻是守恆在那裡，仍然微微發光，這個生命旨趣，就是對物質、物品和物事的好奇、把玩、透看與詮釋。

我的另一個發現是：卽便《物裡學》的主體文字完成在世紀初期，但它對我們生活世界裡「物我關係」的探究、查考，仍然新銳，甚而，《物裡學》在當下這個年份的出版，比起 2009 當年，更具時代意義。

台灣一度是「物世界」(things world) 裡的超級大國，在上個世紀八〇年代，島嶼上櫛比鱗次的工廠，二十四小時趕工，生產著動輒以「千萬」和「億」為單位的女鞋、雨傘、耶誕燈、傻瓜相機、高爾夫球竿頭與電子錶，幾乎全世界每三個人，就有一人腳上穿的是 MIT 的鞋子。這樣的代工能量，反映著台灣倚靠著一種特定的社會意識形態 (以集體化的成就，作為個人化人生的價值信念)，搭配著農村人口往城市的線性移動，加上創業家的勤奮黏著世界網絡，構築出一種物質帝國的超級幻象。

說它是幻象，那是因為在流水式生產線上組裝、編織、打造、綴補這些商品的台灣工人，絕大部分不明瞭他們手上之物，如何在自身生活上產生意義，最具代表性的故事就是：台灣生產了全世界近九成的耶誕燈，但那個年代台灣家庭過耶誕節的比例不到萬分之一。

超級物大國的世界定位，隨著時間荏苒，其實是更變本加厲，在個人電腦於八〇年代成為全世界最顯赫商品的過程中，台灣幾乎在每一個零組件上的供應量上，都拔下頭籌。當時有個統計，如果人在美國中西部的某個小鎮，要買齊一部桌上型 PC 的所有零組件，然後把它組裝成一部成機，需要超過 35 天的時間，但是如果你人是在台北，那麼一位光華商場的師傅可以在 47 分鐘內，就可以幫你搞定，而且還是全世界最快、最新，也極有可能是同一規格裡最便宜的一部機器。

中國開始成為新的世界工廠之後，台灣短期內遭受衝擊，但很快地就重新整軍，開創出「台灣設計接單、中國生產、全球運籌」的 ODM 商業模式，這一套對「物世界」更精密的計算、操作和擘劃，在上世紀九〇年代廣達和戴爾合作的筆記型電腦代工一役上，發揮得淋漓盡致，以致於全世界各大消費性商品的品牌商，都必須找上台灣人，才能在商品全球化的快速週轉競賽中，穩住優勢。

一直到這本書要新版上市的當下，台灣人對「物世界」的客觀知識的理解量和儲備量，可能都是全世界最多的——鴻海對輕薄短小電子產品的內在骨骼、肌理的認識，以及把這些微小構件組合成一完整靈魂的技藝，應該是寰宇無敵的；台積電對於世界最小人造物中的電光石火，具有著如同造物

主般的能耐。如果說未來的世界一定是「物聯網」的世界，那麼每一個「物」裡面，都應該會烙印著台灣人的手印才對。

然而，隨著時代進展，我們對「物之所是」(things what) 的了解博大精深之際，台灣人也逐漸明白，我們對「物之何是」(things why) 與「物之何用」(things how) 的認識，才剛進入一個啟蒙的黎明。

沒錯，台灣家庭是愈來愈多地在耶誕節買棵聖誕樹，掛起耶誕燈，但在夜裡明滅發亮的夢裡，不是每個小孩都期待著北極白鬍老人會在襪子裡，塞上夢寐以求的禮物。

在現代性和現代社會的進程裡，有一個客觀的發展框架，亦即個人在開發各自殊異的生命潛能時，也伴隨著「物世界」的繁榮和爆發，兩者組合的結果，就是資本主義的顯性特質——不斷地消費與不斷地生產。

在這個過程裡，你當然可以如馬克思主義者們所宣稱那樣，相信商品與商品化是資本家複製一個不平等社會關係的結果；但從另一個角度，我們也可看見「物」在構建自我、連結社會關係，甚至於創建全新生活風格中，扮演的積極性角色。

作為一個現代人，我們並不是心如止水的個體，每個人都有自身的情感、世界觀與美學偏好，然而如果不藉著「物」世界的「客體化」(objectification)，將我們的內在質地形而下地展現出來，吾人便無法有效率地與其他人溝通、組成社會關係。

透過凝視物、端詳所愛之物，現代人也可辨識出內心世界隱晦、莫名的一面，將之作為一件「藝術品」來打磨與精進；在物的世界裡，透過設計，各種價值觀和概念論述彼此爭鋒，創造出各種物所代表的「部落認同」(tribe identity)，早已是現代生活的常態。

當你看無印良品反對著那種矯飾主義所創造的物，它其實也仍然是一種物，而且隨著它成為一種霸權，它也無可避免地將遭受反對物的挑戰。

在物的世界裡，也並非看得見、摸得著、有重量的，才叫作物，譬如說搖滾樂團的音樂裡，電吉他的聲音就是一種物質化的聲音。它的粗礪、狂暴、苦大情深，對演奏者和聽眾而言，是完美不世出的「物我相忘」。

在成為代工王國的歷史，台灣人太早地將物的客觀理性（測量、計算、分析、管理、試誤）放入生命的首要，使得經濟理性滿溢生活世界。我們大

量生產物，也對物有龐雜的數字化資料庫，但卻沒有從身體長出來的對物的情意，沒能在生命歷程中咀嚼出物的況味，更遑論透過物來完成自身命運的翻轉——我們都有這樣類似體驗：台灣人生產著世界最大多樣物，但生活裡卻過著最少物的一種乾涸、枯槁、遲滯的異星世界。

明聰的《物裡學》是對這個時代的一種拯救，說它這個時間新版重出更是恰好，是因為社會裡現在滿滿是「物裡學生」了，願它引領年輕世代，遙望台灣全新的運命。

物哀浪漫

推薦序之二

林予晞 演員、攝影創作者

「世上萬事萬物，形形色色，不論是目之所及，抑或耳之所聞，抑或身之
所觸，都收納於心，加以體會，加以理解，這就是感知『事之心』、感知『物
之心』。」這段話來自日本江戶時代的「物哀論」大師本居宣長，拿來引用至
此，我認爲再適合不過。

明瓏老師觀看世界的方式，可以平實與瘋狂、傳統與反叛同時存在。道德
善惡與約定俗成在對於物件的凝視中，不過是個十分具象卻命定要被突破
的幻象。比如六十年前有些書刊是大逆不道的罪證，六十年後它們只是書
海中的一本出版品；七十年前二十歲結婚生子是家族喜事，七十年後卻被
標籤爲社會弱勢。但書刊與婚姻本身有什麼變化嗎？沒有，就像新石器時
代的碗一樣，亙古不變永留傳，變的只是在周圍打轉、生滅、潮起潮落的
世代人類。

該如何看穿這一切宛如真實的假象？該如何對人世間的萬物，懷有更多的浪漫、包容與謙虛？我想這便是明璁老師不眠不休在實踐的，物裡學。

安靜的物，大聲訴說自由。

自序

> 「真實之物是包裹起來的，得要打開它才行。
> 那些意象、趣味與摸索，我們就是為此而打開一切的。
> 這一刻，記憶深入微而又微之物……
> 在這微觀世界中所呈現出來的，卻是愈發強而有力之物。」
> ——班雅明（Walter Benjamin, 1935）

如果沒有十三年前某個春日週末，一場彷彿只有在蔡明亮電影裡才會出現的莫名水患，這本書可能不會以如此形式，出現在這個世界上。那天午後，水悄悄從我當時任教的系館走廊排水口湧現，沒有人發覺，緩緩自門縫流進了研究室。待我發現時已是黃昏，滿屋子瀰漫濕漉漉的腐朽氣味。

即使擦拭擰乾、連續除濕了兩天，滯留在裡面看不見的水，還是三不五時就從地板縫隙探出頭，隨機形成一個又一個小水窪。接下來的一星期，每天都想著，要怎麼修繕重整？又如何抽出時間、擠出經費？這些問題搞得我心煩意亂，直到有天我走到窗邊放空發呆，突然好久沒留意到的馬口鐵機器人，跟我說起話（是皮克斯動畫看太多嗎）。

他是個歷史悠久的鐵皮玩具，飄洋過海從曼徹斯特被賣到神戶，一度又被我帶去劍橋，最終隨我落腳台北此處。即便這位小機器人年過半百，只要轉上幾圈發條，仍會喀吱喀吱地搖晃行走。

那天他一如往常靜靜站在矮櫃上，外頭春陽暖暖，光線穿過窗外的樹梢，把他投射得神采奕奕，即便連銹斑都有了光澤似的。我凝視著小機器人，才發現他全身滿佈灰塵（這主人真不應該）。有趣的是，當下這些粉塵非但不令我覺得髒污生厭，在日照中竟然產生一種如亮粉加乾冰般的氤氳。

彼時瞬間，我有一種難以言喻、而別人也不太理解的奇異滿足感。我知道那就像村上春樹在《蘭格漢斯島的午後》中所描述，「抽屜裡塞滿了折疊整齊捲好的乾淨內褲」、或「將嶄新散發著棉花味道的白色汗衫從頭上套下來」的時候，某種名之為「小確幸」的奇妙感受——微小但明確的幸福感，是這個後來被大量濫用、甚至誤用的詞彙之原意。

「小確幸」在其原始語義脈絡，有著與消費主義截然不同路徑的想像邏輯。相對由廣告行銷、品牌認同與從眾行為所驅動的物質慾望，「小確幸」訴諸的卻是個體生活與物件生命的互動連結，同時也讓物人關係不只停留在消

費購買,更是各種私我感官經驗的細密對話。原本帶有多重意義的「小確幸」,淺薄流行在台灣商業遊戲與媒體語境裡,被截頭去尾地簡化成一個文案標籤,有點大不幸。

也就是說,當資本主義無所不用其極、鼓吹人們透過消費來追求各種大眾認可的所謂幸福(比如買房買車、擁有名牌物件等等),「小確幸」卻反向直指自我,而且也不全然是法蘭克福學派批判的「偽個性化」,它只是任性表示:每個人都有屬於自己、不假外求的獨特幸福感,甚至可以簡樸到你和物的「一期一會」、或者「無用之藏」,這樣就足夠。

回到淹水的研究室,我決定擱置整修計畫,放棄由此機會改造室內風格的浮誇想像。忙碌的工作重新啟動,隆起的地板、隱晦的水漬、潮腐的氣味,逐漸被日常的起伏、身體的活動,撫平、抹去、稀釋。相對的,我開始利用餘暇,逐項檢視堆積在房裡的各類物件。甚至,一樣一樣地書寫它們。這些東西有的實用、有的卻很沒用;有的貼近地面、有的盤踞高處,無論如何都不捨晝夜環繞著我。它們是這個物質文明小宇宙裡,一顆顆無足輕重、孤寂存在卻又發散溫暖的星球。

或許,人對某物的擁有,與其說是擁有它「作為工具」的這個實用層次,不

如說，是擁有某種從它特定功能中抽象而出的事物。如此，物（thing）才會眞正成爲人的「物件／對象」（object）。而既然這房間裡的所有物件都面向著我、成爲我的「對象」，它們之間也就巧妙地相互指涉。本來沒關係的物件，此時此地都有了新的意義聯結。

「要成爲消費的對象，物品必須成爲符號」，法國社會學家布希亞（Jean Baudrillard）以此爲物人關係的研究樹立了里程碑。也就是說，物的存在，可能不再是需求使用或商品交易，更涉及深刻的象徵文化。如今，意義（meaning）已逐漸重於使用（using），成爲消費欲望與行爲的判準。

布希亞於是以「符號價值」（sign valuc）概念，增補了馬克思（Karl Marx）所建立「使用價值 vs. 交換價值」的二元框架。他的名著《物體系》與《消費社會》，和他老師羅蘭‧巴特（Roland Barthes）的《符號帝國》與《神話學》，是我在博士留學期間開始研究物質文化的出發起點。

尤其是巴特的《神話學》，鉅細靡遺透視日常物件，找出它們看似純眞中立、其實內藏主流社會意識形態（ideologies）的教化效果。深刻的反思，凝縮在時而犀利幽默、時而柔軟私語、夾議夾敍的自由寫作風格中。如果沒有這些跨時代的巨人肩膀，我無法遠望，也不懂近觀。

物人關係，毫無疑問就是文明演進的縮影。最初，人類為了維生，採集與狩獵自然生物，進而製造各種工具，當成身體的延伸、強化或替代。廣義的「設計」誕生了。然後漸漸地，物（things）從單純物自身，變成可交換的貨物（goods）。而貨幣更進一步將世間之物抽象化，使之能彼此進行等值化的對價關連。由此，物再演化成可交易的商品（commodities）。

摧枯拉朽的資本主義，讓多數物件都商品化（commodification），馬克思悲憫又科學地指出，每一分勞動的辛苦投入、及其剩餘價值的剝削，其實都是商品價格的核心構成，但這在消費社會裡卻被掩蓋起來。

比如一件貴重精品、或一款手機行銷，都不曾述說它帶著血汗的生產流程。商品必須神秘化，才能成就一種新時代「拜物教」（fetishism）——「由於這種轉換，勞動產品成了商品，成了可感覺而又超感覺的物。」馬克思睿智如是說。

改變世界的《資本論》由此揭穿騙局：讓物品能產生交換價值的龐大勞動投入，卻被「商品拜物教」故作模糊神祕的話術所遮蔽；有時甚至還會刻意將昂貴的價格，直接本質化到它的使用價值屬性（比如「因為此物所使用之原料珍貴稀有」）。如此，人們才不會看穿自己投入在創造物件價值的勞

動，是如何被剝削，當然也就不會萌生反抗。甚至，為了購買廣告推銷的商品，普羅大眾心甘情願做牛做馬。

我對物人關係的探問之心，其實源自這樣苦澀的關懷、解放的想像。

然而某次，當我讀到馬克思曾因生活困窘而將高級外套拿去典當、隨後又奔走借錢將它贖了回來，我知道那件外套之於這位思想巨人，絕對不只是暖身的物用意義，肯定還有更多的象徵、記憶與認同情感。這也意味著，我對物人關係的研究，同時打開了另一扇饒富風景的大窗。

那是與思想家華特·班雅明（Walter Benjamin）的著作相遇、且深受其影響改變的人生機緣。回想彼時某個隆冬，陷在書堆而慌張不已。偶然掉入班雅明對巴黎拱廊街的研究筆記，熱切著迷於那種蒐尋、收藏、凝視、剖析細瑣物件的奇趣，我幾乎忘卻了屋外大雪紛飛、以及報告火燒屁股。

美國最具影響力的作家與評論家之一蘇珊·桑塔格（Susan Sontag），曾形容愛書成癡的班雅明——「藏書並非為了專業用途，而是藉以當作冥想的對象物、和引發沈思的媒介」。此外，班雅明也說過自己喜歡舊的玩具、郵票、明信片，以及「輕輕搖動裡頭就會出現飄雪小鎮」的玻璃球。

孤獨的班雅明，絕對是、卻也不完全是個馬克思主義者。他和當時講求科學與宏觀的左派主流方法論背道而馳，反倒是默默進行著一種顯微鏡式的日常觀察，用他的「第三隻眼」窺看這個由物與人共構的大千世界。

細微瑣碎的小物件，對班雅明（具有收藏家與漫遊者的雙重身份）來說，是可以隨身攜帶、便於遷移的適切「對象」。此外，事物的微型化也意味著對所謂正常狀態的扭曲、打碎和重組，於是成了有利於他凝視與冥想的對象物。而這一切，不只構成班雅明特異奇巧（以致不受學院青睞）的研究主題，其實也是在他長期抑鬱的人生歲月裡，延續某種生趣的小確幸。

「溫暖正從物體中逐漸消失。我們日常使用的東西竟悄悄而頑強地排斥著人……為了不至於因靠近它們而被凍僵，人必須用自己的熱能去抵消它們的冰冷；為了不至於被它們的刺扎破流血，人必須用無限的靈活性捉住它們。」重看班雅明在 1928 年寫的這段話，內心仍有冷熱交織的複雜溫度。

班雅明的著作也讓我重新認識了波特萊爾（Charles P. Baudelaire），原來他不只是玩世不恭的浪漫文人，還是思想前衛的評論家。如果說，波特萊爾是浪遊在城市邊緣、尋找詩意碎片的拾荒者，班雅明便是個擁有自己小宇宙的收藏者（儘管他的生活並不闊綽）。「拾荒者和詩人，這兩種

人都與無用的廢物產生關聯。他們都在城市居民酣沈夢鄉的夜裡獨自撿拾東西，兩者的姿態其實很像。」班雅明如是寫道。

班雅明喜好的「收藏」，並不是指那種藉由買取商品以炫耀自身、甚或等待增值以求取利潤的資產階級嗜好；相反的，是希望讓物品得以逃脫商品化的市場禁錮，納入擁有者自己的價值與意義體系。

他如此宣稱收藏擁有一種奇妙的政治意義：「讓東西不僅僅是為日常生活世界所需所用，更讓它們從實用而單調乏味的苦役中解放出來」。不難想像，這般（會令傳統左派學者皺眉的）論述實在過於超前部署，他彷彿在1930年代，就說著五十年後人們才能理解的想法。

從消費社會學轉向的脈絡來看，的確一直要到 1980 年代以降，西方世界才逐漸開啟物人關係的另一視角。比如英國社會學家坎貝爾（Colin Campbell），反轉了韋伯（Max Weber）的經典命題「新教倫理與資本主義精神」，提出不同的「浪漫倫理」（romantic ethic）如何重視個體意識和自我表達，與不斷追求體驗愉悅的消費主義精神結合起來。據此，人擁有物的動機，已不只是「需求滿足（效用）」，更是「體驗追求（感受）」。

而另一位社會學大師包曼（Zygmunt Bauman）更宣稱：我們的社會正在從工作倫理導向，過渡到消費美學至上。人們的自我認同不再被固定職業所單向決定，更取決於彈性零碎的消費選擇。換句話說，「我消費，所以我存在」──我選擇與擁有的物，投射了我是誰。

於此同時，我身處的劍橋大學社會人類學系，教導我豐富也貼近現實生活世界的田野調查方法學，這是我切入剖析物人關係的最後一把研究利刃。

受封英國女爵士的人類學家瑪麗・道格拉斯（Mary Douglas）在其經典《物品的世界》中，開宗明義說：「物是中性的，但其效用卻是社會的。物可被當作圍籬也可以是橋樑……物是溝通的符碼。」另一位物質文化研究大師丹尼爾・米勒（Daniel Miller），則在《購物的理論》中一錘定音：人們決定如何購物前，會去感受與物品合而為一的感覺──你讓它進入自己生命，自然地成為「你的一部份」。

這趟漫長辛苦的學習旅程，讓我重新發現消費社會的複雜性。年少時心心念念的馬克思批判論，不斷經歷各家精彩的修補。有識之士擔心──會將文化事物同質化的資本意圖與商品力量，其實並不會完全抹煞個人對事物賦予特殊化（反之亦然）的獨特意義。或許可以說，這兩者其實並行不悖。

前陣子我在給鄭陸霖老師新書《尋常的社會設計》寫序時，曾這麼歸納說道：「並不是『物』比我們以往認爲的更有活力，而是它們在各種設計引導下，擁有更多的可塑性，以適應新時代意義的轉換與競爭，這些都是人類追求自由的能動性所賦予的。於是，一種物人關係的傳記式考察，就成了新世紀研究『我們與物的距離』最好的取向」。

的確，物和人一樣，都有其生命軌跡，須細緻看待考察，因爲他們彼此都會在不同階段相互影響。正如法國哲學家德瓦（Roger Pol Droit）所說：

「我們對待事物的態度，也顯示出我們與自己的關係。假使事物擄獲我們、令我們著迷，我們便會不知自己身在何處；但如果拋棄並蔑視事物，我們也將偏離自我。或許我們該處於兩者之間，總是準備好與事物相遇，準備好讓它們混入我們之中，甚至侵吞我們所謂的自由空間。我們若想處於自我的『中心』，就只有忍受沒有這個中心存在的事實。」

如今，無論在晨間或深夜，每當我靜靜觀看自家或工作室裡的一書一物，或爲之拂去灰塵，都會感到一種奇妙的慰藉和神祕的安定。在一切都可被機械複製、城市生活看似多樣、其實單調的年代，物被大量生產而消費、甚至丟棄；人則被捲進市場，和物一起受禁錮。

或許只有在我們不斷凝視與閱讀物件的練習裡，人才真正自由而心靈富足地擁有了這些對象物。研究極權主義的政治思想大師漢娜・鄂蘭（Hannah Arendt）說得動人：「這是對物的拯救，也是對人的拯救的補充」。

由此，自我和物件所共同構築的小小宇宙，是對我們所失去世界的小小補償。對物的收藏與解讀，成了一種建築工事，既是不同時間的堆疊、也是相異空間的混凝。在這裡頭，自我巧妙地被從外在世界的混亂與虛無中隔開，在記憶和想望的碎片中，悄悄而紮實地重建起來。

十三年前那場擾亂我生活秩序的小淹水、甚至三年前遭逢學院體制不當驅逐的大苦痛，都恍若隔世地煙消雲散了，但身體感官的記憶、以及太多銘刻在生活長流裡各種物件的歲月痕跡，卻帶著一種鮮明感，始終存在著。它們每一天都在安靜而大聲地，為我一次次反覆說著，關於自由。

是的，一個小小物件所偶然帶來的冥想，或者說，一顆平凡小星星引發我重新感受自己賴以生存的小宇宙，這樣的神祕體驗，足以抵禦一切不可預測的災難、以及日常無趣的反覆。

這本書,再次重寫給自己,重編給各位。這裡有一段悠長的旅程,在全球籠罩疫情、混沌不明、移動受限的時刻,我們無法走遠、不能像俄國作家果戈理(N. V. Gogol)所說「去發現自己的地理學」;但或許新大陸不在遠方,而在你重新發現事物的目光。

期待我們打開書、放下書、又打開書、再放下書,蹲近生活每個不起眼的角落,重新探訪各種不特別的物件,嘗試建立屬於己身的、美妙的、自由的,物裡學。

物裡學 目次

「每件小事物又含納著成千上萬小事物,它們靜悄悄地隨時間流逝,卻又綿延不絕⋯⋯文明在成千上萬種乍看互不相關、五花八門的文化財貨之間(從日常思維、智慧到生活用品和器具,全都包括在內),建立起聯繫與秩序。」

——布勞岱爾(Fernand Braudel, 1979)

影像之物

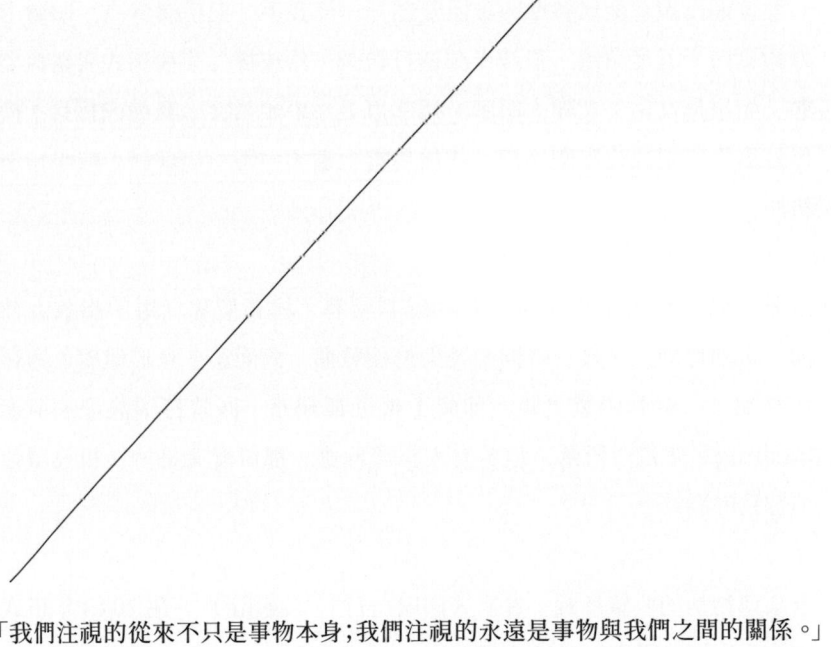

「我們注視的從來不只是事物本身；我們注視的永遠是事物與我們之間的關係。」

——約翰・伯格（John Berger, 1972）

自拍照 selfie

想像一百年後人類的博物館裡，肯定會收藏二十一世紀第一個十年前後，一種普遍出現在全球各地的身體姿態——伸長手、把手機舉高至眼睛上方約莫四十五度角處，根據光源進行微調，然後擺弄某種制式表情與姿態。如果是女生，會睜大眼睛、揚起眉毛、歪頭微笑、嘟嘴或抿唇；換作是男生，則故作陽剛冷酷、或展現紳士溫柔。待一切就緒，單手按下快門。

這系列動作尚未結束，還須立刻端詳螢幕，檢視照片（用手指放大細節、來回琢磨）。接著打開濾鏡與修圖軟體，對面容、身形與膚色進行各種加工，直到滿意之後，即時上傳社群網路，同時打卡註記、加上hashtag，才告一段落。但若有人按讚回應，那可能又是另一組連續強迫行為的開始。

未來博物館的收藏解說，會寫著這叫「自拍」（selfie），在 2013 年正式被納入牛津大詞典。2018 年的《Wired》雜誌則說：「自拍是透過網路、把我們和不同物理時空連結起來的一種方式。」

若想進一步回顧人類自拍的歷史，其實更早可溯及照相機發明的十九世紀中期。當時巴黎街頭已有攝影師架起笨重相機，來來回回調整後，慎重對著自己拍下照片。就像當時畫家不再只是描繪神聖的上帝形象，反倒開始提筆描繪自身真切的肖像。這是文明現代化進程中，個人主義嘗試高舉旗幟的革命性時刻。

自拍於是展現了它激進的意義原型，似乎是頗為正面。關乎一個現代人，渴望從僵固的既定社會關係中，解放出來、自我實現的進化慾望。

如此前進至另一個「自拍前史」的運動高點——1970 年代中期，當時連普普藝術大師安迪‧沃荷（Andy Warhol）都開始實驗性地以自拍來創作。這相當程度要歸功於科技物件發明的突飛猛進。

比 1979 年 SONY 發表個人隨身聽（Walkman）更早，視覺帶動「新自我」主張的速度，總是比聽覺和其他感官來得快且劇烈。1972 年寶麗萊（Polaroid）推出 SX-70 隨身相機，能即時成像、自動吐片，超過六百

萬台的全球銷量締造了歷史。《Life》雜誌因此以「魔法相機」（Magic Camera）來稱呼它。

「魔法相機」的概念持續發酵。來到二十一世紀，在數位相機、智慧型手機（尤其是備有前置鏡頭的 iPhone4）接連問世，以及社群網路（尤其是 Instagram 與 Facebook）的加乘效果後，終於造就「自拍時代」的降臨。如今自拍早已不是一時風行的流行現象，更透過細緻的身體內化，習慣性地融入年輕世代的日常生活中。

任教於麻省理工學院、知名的科技與心理學家雪莉・特克（Sherry Turkle），於《在一起孤獨》書中，便指出人們在「永不下線」的新時代，擁有一種「拴上連結的自我」（a tethered self）。這裡頭存有一個深刻的弔詭性——個人主義「培育自我的文化，引誘自我以自戀的方式與世界建立關係」。

根據統計，在 2010 年 iPhone4 誕生前，英美青少年上傳至網路的所有照片中，已有近八成是自拍。而在接下來短短兩三年，也就是連嚴肅拘謹的牛津詞典都正式收錄「selfie」的同時，上述比例數字更急速飆高超過九成。

也就是說，自拍逐漸變得無須刻意爲之，大家早已見怪不怪。好比吃飯拿起餐具根本反射行爲，如今自拍便是種「自然」拍攝，一種自戀作態與積極社交的行爲混合體，彷彿成了應對百無聊賴疏離生活的必要小確幸。

於此同時，從人氣網美到爆棚網紅，從基本自拍到進階自拍——使用各種工具，包括簡易自拍棒甚或高階空拍機，自拍文化既與社群網路緊密連動，自拍技術的持續翻新，當然就和人氣指數的不斷飆高，互爲因果。

比如在空拍機開始量產進入大衆消費市場之前，澳洲旅遊局便曾推出「史上最強五十億畫素自拍服務：GIGA Selfie」。讓觀光客在特定景點，透過手機下載 APP 進行人體定位，然後從遠端遙控超高解析度相機完成自拍，再自動傳送照片給你。由此拍出的相片就不只拍到自身，還能連同人物周遭廣袤壯觀的景色都一併攝入。

所謂的自拍商機，至此風起雲湧而來。首先是美容產業、彩妝和運動品牌，林林總總涉及「爲呈現更美好自拍樣貌而生」的身體塑型消費，在 2010 年代中期屢創市場佳績。其次是推陳出新的拍照、修圖與濾鏡 APP，不僅展現分衆化、劇場化的各式生活風格，也模糊甚至重塑了眞實 vs. 虛擬或想像身體的界線。

物裡學

英國藝術家 Simon Foxall 說得犀利：「自拍讓真實自我以及幻想自我的界線變得模糊，從此人就在這兩種自我之間劇烈擺盪。」

由此，臨床精神病學所謂的「醜形恐懼」或「美麗強迫症」（Body Dysmorphic Disorder），在自拍文化的推波助瀾下，似乎變本加厲了。近期的美國醫學研究期刊，已證明這個諷刺趨向。相機濾鏡與修圖軟體帶來了多少美化的愉悅，同時也就意味著，多少醜感的焦慮被催促出來。

昔日人們會拿著明星的照片去請求整形（至少還清楚意識到那只是種完美的想像參考），如今卻反倒指著手機裡經過修圖的自拍，要醫生為他們量身客製——「這就是我，應該也可以擁有這個樣子的我」。

自我迷戀和自我恐懼，從此更加一體兩面、相生相剋，竟成了自拍時代人們最矛盾卻又無法自拔的沈醉心態。「這是自我展演，你一方面了解自己，同時也變得脆弱。」英國傳播學者 Mariann Hardey 一語道破。

愈來愈常見的「自拍成癮（或強迫）」（selfitis）、搭配著相關的另一種焦慮意識——「手機不在恐懼症」（Nomophobia），不僅改變人們的身體意識與自我感覺，也廣泛影響生活場景的氛圍和品質。

一方面，各種第三空間（意指居住與工作空間以外的休閒或學習性公共空間），因為自拍打卡而變得更加「視覺中心導向」。比如一家老餐廳即便食物美味，現若不能在自拍需求上給予裝潢設計的跟進滿足，它就可能無法維繫人氣。同理，一家安靜書店為了吸引顧客，也不得不讓自拍客任性入內，恣意嘈雜地攫取影像。

另方面，可能更令人擔心的，則關乎隱私與人權議題。許多商業公司和社群媒體，會利用各類手法鼓勵民眾自拍上傳，藉以「釣魚」收集個資及其消費數據。而國家機器，從民主美國到極權中國，也或暗或明地藉由自拍辨識系統，鉅細彌遺在終端螢幕彼端，操演著喬治・歐威爾（George Orwell）小說《一九八四》裡「老大哥一直看著你」的監控。

不過話說回來，廣泛的自拍文化始終仍保有賦權（empowerment）的一些可能。尤其是對弱勢女性、有色人種、同志社群、移民移工、流離難民而言，自拍既有助於身處邊緣的個體，想像並重建自信形象，也能據此連結他們彼此，拉近被主流論述權力分化的距離感。

在 Alicia Eler 所著《自拍世代》（The Selfie Generation）一書中，便舉出很多實例說明：透過分享自拍所形成的數位新社群，如何協助底層同

伴開展新的社運動員、突破既定物理性與心理性的疆界限制。

更遑論，近年有愈來愈多藝術家，不約而同都以自拍作為主題或形式，既是對自拍這個當代人類重要行為的直接引用、也是一種「以彼之矛、攻彼之盾」的自拍 vs. 反自拍對話辨證。這些創作努力，都有助於突破看待自拍文化的狹隘二元對立觀點。

畢竟，每一位自拍者，日夜擺盪在自信與自憐的衝突動態中。而關於自拍美妙或脆弱的詮釋，一百年後的人類博物館，這才剛開始收集各種矛盾的經驗資料。

物裡學

軟片 photographic film

在老家發現了幾卷尚未使用的軟片，有自英國用剩帶回的 AGFA 彩色正片、和在日本買的柯達黑白片，全都過了保存期限。暫時擱在書桌上，我猶豫著該如何處理。

遙想彼時，我們從十五釐米寬的小窗口，聚精會神地手調對焦。相機裡的軟片，以最小的空間，試圖納入最大的氛圍。這樣的凝視，意味著一種伊比鳩魯式的節制與取捨：人們得先有一定程度的禁欲，才能擁有接續不斷的幸福感受。於是，我們可以奢侈地享用眼前所有美好，但卻只能帶走一部份收藏。

對焦不僅是選擇對象，更要牢牢地固定對象。這個在幾秒內完成的犀利動作，就像法國小說家菲利浦・圖森（Jean-Philippe Toussaint）在《照相機》的精準比喻：「像是拿一枚針釘在活著的蝴蝶身上」，是為了讓此一對象物永遠栩栩如生。

那些越是凝縮定格的影像，越能提供豐富的再現想像。對我來說，這正是

靜態相片擁有較強開放性、與多重意義感的原因。相對的，動態錄影乍看吸引人，卻可能因訊息明確，反而變得較為無趣。

如果說焦距的確認，宛若影像的入場帶領；那麼光圈與快門的一搭一唱，則像是決定影像能否與軟片親密媾和的媒妁。軟片的曝光，是人類近代文明史上重要的化學及物理變化。首先，是可見層次上的「光線」，適量地從相機外頭進入了黝暗的軟片匣槽；其次，是不可見的「光陰」，在快門閃過的剎那，凝結永存。

在這一刻——法國攝影大師布列松（Henri Cartier-Bresson）所謂之「決定性的瞬間」，或者是墨西哥人的智慧諺語「把時間給時光」，得以實踐。與其焦慮於無色無味的時間流逝，不如焦聚於有情有感的時光停佇。軟片上投影出的人事景物，正是羅蘭‧巴特（Roland Barthes）在《明室》中念茲在茲的「此曾在」情懷。推到極致，軟片的一秒變化，可以是史詩的一頁書寫。

毫無疑問，軟片曾是攝影活動最核心的物質基礎，更是上個世紀組構人們集體及個別記憶的關鍵零件。我們曾如此謹慎地反覆進行以下的系列動作——打開相機背部嵌入軟片、將之輕輕拉出一截、對準卡進另端的捲軸、小心闔上背蓋。宛如一次次慎重其事的儀式，遙祭華特・班雅明（Walter Benjamin）所詠歎的消逝的靈光（aura）。

如今不需軟片的相機與手機，理所當然地擷取一切。自動對焦自動補光自動連拍自動存取⋯⋯所有程序都再容易不過，我們幾乎遺忘了從凝視到捲片的複雜動作。驚人容量的記憶晶片，極大化對影像的貪婪。有時候我們甚至還來不及好好觀看，卻已經按下了一次次快門。

在這個「照相不知為了什麼，但不照卻感覺欠缺什麼」的年代，影像的氾濫程度，和其記憶厚度成反比。一切都成就了當下快感，然後速速推向無邊無際的檔案之海、社群洋流。想到這，我決定暫時離開電腦、丟下手機，找出過時的相機，裝上過期的軟片，為我不合時宜的情緒，來張不合時宜的寫真。

X 光片 X-ray

1895 年終，一張詭異的照片震撼世界：一個從右手掌背拍攝的特寫鏡頭。皮肉不見了，宛如薄膜甚至輕煙，只留下清晰的指骨顯影、和一枚戴著的戒指。德國物理學家威廉・倫琴（Wilhelm C. Röntgen）用他剛發現、無可名之而暫稱「X 射線」的感光技術，以妻子為對象拍下了歷史的新頁。

消息迅速傳開，畢竟這是第一次，人可以不經解剖而「看穿」自身。更精確地說：這是第一次，照相竟比肉眼更為清晰透徹。眾人驚嘆著，就像文藝復興時期歡呼玻璃帶來強烈的視覺革命。X 光片成為一切事物透明化的象徵。在當時的報紙漫畫裡，它被反覆挪用：「終於看見了！」——可能是母體的懷胎、政客的想法、甚至通姦的男女，所有人都再也無可躲藏。

宛如一場喧鬧而驚悚的荒謬劇，在接下來短短一年內，無數的手在 X 光片中再現：孩童的、病患的、非裔移民的、甚至動物的「手」。每一隻「透明的手」都引來一次讚嘆，而無人搭理那每一回的輻射傷害。既是發明家更是資本家的湯瑪斯・愛迪生（Thomas A. Edison），隨即利用 X 射線製造出大型螢光屏，並將此機器出售給醫院。

如果說對屍體施行病理解剖，是十八世紀臨床醫學誕生的核心機制；不需動刀劃開肉體即可看透內裡的 X 光造影，則是現代「醫療凝視」（medical gaze）的更大躍進。從此，所謂診斷，不再只是一種對個別人體的觀察，而是對其再現影像的系統化解讀。

這正是法國思想家米歇爾·傅柯（Michel Foucault）在巨著《臨床醫學的誕生》所揭示：完整的身體陳述，就建立在完全的可見狀態。

由此，X 光片成為醫療巨塔裡最基底的構成物；拍攝與造影，成了問診和傾聽的前提。從醫護人員到病患及其親友，所有人都凝聚在一種貌似理性的共識下：「沒圖沒眞相，有照才有醫」。

漸漸地，從病人主觀／內裡表述出來的身體感覺變得不太重要；只有從 X 光片客觀／外部投射出來的身體樣貌才是「眞實」。健康或病變的間隔，僅只是刹那時間的一張照片。或許我們都曾隱約不安：機器好嗎？位置準嗎？判讀對嗎？（甚至懷疑「這張是我的嗎？」）但是，除了相信別無選

擇。X光是一種絕對的光。

話說回來，絕對之光所投射的可能只是相對之影。當醫生打開燈箱，X光
片許多時候卻說著曖昧的話。圖像若有似無，可能因此沒完沒了。關掉顯
影，步出診間，一種希望「看得更清楚以醫得更安心」的焦慮揮之不去。結
果，X光放射、乃至所有更先進的人體造影術，都將不會是完全的透視，
而只是個開端罷了。

以生之名，一百多年來X光片應許著無數擔心受怕的人們，要照出死之
陰影。但弔詭的是，在多數由它所展示的「身體」中，那些充滿生命的膚肉
血脈，總是如此黝闇，而指涉或隱喻著死亡的斑點、團塊卻反倒清晰。我
不禁疑惑——在這輕薄膠片的顯影上，我們希望看到與不看到的，真有這
麼一刀兩斷嗎？

除了「看不夠精準」的疑慮，X光片其實還呈顯了另一個更大焦慮：輻射傷
害。的確，X光射線在轉瞬間，就能和身體細節進行精密對話並記錄一切，
是如此盡責守護我們本能的求生意志；然而，這也宛若一場無可奈何的魔
鬼交易，讓自我拯救建立在自我摧殘的矛盾前提上。

村上春樹在《挪威的森林》裡有一句被反覆傳誦的濫調：「死不是生的對立，而是它的一部份」。如果說，他所指的是某種孤絕認命的心理狀態；那麼這世上有沒有一種東西，可以延伸呼應這句話的「物」理樣態呢？或許，就是 X 光片了吧。

A 片 adult video

如今每次經過光華商場，還是會想起 2008 年夏天它重新開幕時，我常去的一家 DVD 店。店內有位老婆婆靜默整理紙箱，她的兒子認真補貨上架、推薦新片並回答顧客問題。至於媳婦，則坐鎮高處、俯瞰全店、負責收銀櫃臺，並用背巾牢牢環抱著嬰孩。小小家族齊力經營的店頭，一字排開是當季日劇韓劇，但往裡頭鑽進去，活色生香全都是盜版 A 片。

時間再往前倒轉二十年，婆婆其實也是靠著躲警察賣 A 片，養大了兒子。當年光華商場還在未拆除的光華陸橋地下層，侷促擁擠的舊書攤，總是昏暗而飄散著霉味。我唸成功高中班上一票狐群狗黨，經常集資向這位阿姨買 A 片錄影帶。

必須等到入夜，她才會半開鐵門放人進去。只見穿著各校制服的男生，各自默默翻看「型錄」，在一張張錄影帶封面圖，尋覓逃脫現實的慾望窗口。待挑好寫定號碼，阿姨便會離開片刻，從不知在哪的巨大倉庫，帶回笨重的 VHS 影帶。

一次次透過如此隱密刺激的交易，大夥買了一些錄影帶輪流傳看；而不被學校教官發現的最好收藏之處，竟然就在教室前後懸掛的領袖玉照背面、與牆面四十五度角接合產生的三角縫隙。當時真的很瘋狂，都不怕偉大的國父和蔣公生氣顯靈（或承受不了眾 AV 女優的重量），就這麼垮下來。

許多五年級的前文藝青年，在回憶 1980 年代台北的小眾視聽地景時，總會提及「影廬」或「太陽系」（後來改名「巴塞隆納」）這兩家藝術電影MTV。我是六年級前段班的，高中時也會跟著學長前往這些祕密基地朝聖，讓那些傳說中的大師之作，在自己被升學體制禁閉的頭頂，開出一個可以通風的大洞。

然而，這種文化反抗終究是形而上的心靈追求；但對於一群賀爾蒙分泌過於旺盛的異性戀少年來說，似乎還需要一些形而下的宣洩排解。記得當時還有家專門放映 A 片的 MTV，在信義路永康街口、著名的「高記」餐館的隔壁二樓。每到傍晚放學，三兩成群背著高中書包的男生，低著頭迅速爬梯，既怕羞又興奮。

1998 年一月，□蔣總統辭世（當年若行文提到偉大領袖前面都要空格以示尊敬），全台北高中停課半日，師生們都必須前往其靈前悼謁。那天，我竟然大逆不道地和校刊社一夥人（彼時我們其實已傳閱過許多左派禁書與黨外雜誌，並得以窺見獨裁統治的偽善面貌），決定在秩序井然、神情哀戚的候車隊伍中，開溜。冷風中，我們一邊奔跑，一邊拔下別在衣袖上的小麻布。

幾個高中生，穿著卡其制服，遊蕩在冬日午後安靜的台北街頭，其實還滿顯眼的。我們得趕緊找個地方躲起來，卻沒想到，所有地上地下的休閒場所盡皆配合媒體一片哀戚氛圍，暫時歇業；就連那家情慾 MTV 也半掩著門並關上了燈。我們厚著臉皮，硬是請求老闆收留，照慣例挑片後，哥兒們忐忑躲進一坪多的黑暗小房間。

儘管螢光幕中激情上演的一切，讓人不免有些罪惡，尤其在如此「舉國哀悼」的時刻；但坦白說，那還真有一種像村上龍小說《69》中一再出現的反骨快感。而這幾個高中臭男生，在兩支其實不太精彩、內容是什麼也一點都不重要的 A 片中，一股腦褻瀆完所有關於國家神話的信仰教條。

依稀記得，那天回家路上，迎著晚風我有認真地向□蔣總統懺悔了一下；同時卻又無可言喻地聞到，一股輕快變革的早春氣息。

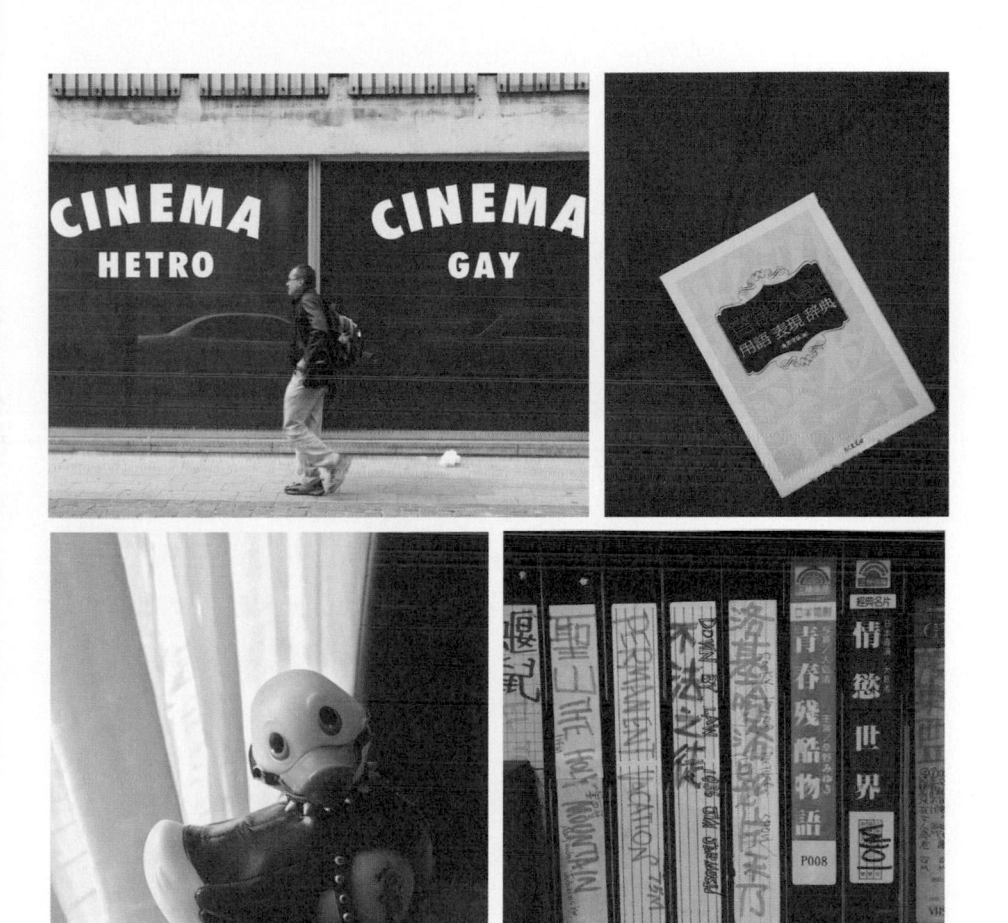

物裡學

啟蒙電影 films to enlightenment

就算人生閱歷漸豐，只要憶起年少受過哪些電影的震撼影響，肯定仍會用到「啟蒙」這字。和啟蒙相近的概念是「教育」，但兩者不大一樣。

教育涉及一種系統化、社會化的知識灌輸過程，多半根據一個明確目標，設定學習方向與獎懲機制。相對的，啟蒙經驗直指個體強烈的切身感受，但多半不是透由學科來引導，更沒有正規成績評比。

啟蒙的英文是「enlightenment」，直譯就是「賦予了光」——你不僅學到未知的事物，更因此產生某種「它照亮了我的什麼」這般奇妙感覺。這感覺帶來複雜的喜怒哀愁情緒，以及比學習強度更大的探索渴望，並據此構築起鮮明的主體意識，包括價值觀、人生觀、世界觀甚至宇宙觀。

這也是爲何，很多我們受教育習得的知識，以後泰半都將遺忘，但由某種相遇經驗觸發的啟蒙，卻一輩子牢記。或者更精確地說，啟蒙是一種將知識寫入身體的銘記。而對年少深陷升學主義填鴨教育的我輩來說，電影絕對是帶來啟蒙的第一或第二媒介（可說是與文學等量齊觀的重要）。

社會學告訴我們，現代人的自我建構，已不僅單靠和他人面對面互動產生的「鏡中自我」（looking-glass self），更仰賴大量的敘事連結。電影比起小說和戲劇，帶著有過之而無不及的說故事能量，讓假戲若真的他方影像，來到我們的日常世界。

於是每個在電影院裡義憤填膺或感動流淚的觀眾，都像是經歷一場深層催眠似地，既進入與之無關卻可同理連結的他人「自我」，同時也讓活在過去的自我，通過影片呈現的凝視，有了改變或創發生命的新可能。

電影就是一個巨大的敘事參考資料庫，每一位影癡著了迷似地不斷遊走查閱這些故事，然後翻找自己、進而改寫自己。換句話說，劇情片多半虛構，但它所召喚出來的自我感受，卻相當真實。

電影對我的啟蒙，始於那些對少年來說仍屬禁忌、內含暴力與色情、大人不會准許觀看的片子。在那個還沒有網路、也沒有獨立發行片商的年代，想看非商業院線片只能去傳奇的「影廬」或「太陽系」MTV。記得當時我是

極少數穿著高中制服、常在那裡和文青大學生一起混的小朋友。

把吃飯錢省下來，我看了不只一次的《教父》系列，那是我對權力與政治的認識啟蒙。看大島渚的《感官世界》，慾念震撼之餘，彷彿已讓我預習後來才閱讀的喬治‧巴塔耶（George Bataille）《愛神之淚》。

而《銀翼殺手》對應於《星際大戰》所構築的科幻史詩想像，逆向以一種反烏托邦的黑色漫遊，牢牢抓我。我甚至因此買了人生第一本英文小說——菲利普‧迪克（Philip K. Dick）原著的《仿生人會夢見電子羊嗎》（*Do Androids Dream of Electric Sheep?*）

此外，當時也深深著迷於史丹利‧庫柏力克（Stanley Kubrick），不只是和我同年誕生、驚世駭俗的《發條橘子》，當然還有《2001 太空漫遊》。迷幻時空、無重力漂浮、寂靜的孤獨沈思，重生與進化的兩難，一幕幕玄秘而詩意的影像，好像對我下了什麼藥似的。

我記得好長一段時間，老師在上課時，我都會神遊，若隱若現耳鳴著片中的配樂——匈牙利先鋒派作曲家李蓋悌（Ligeti György Sándor）的《Atmospheres》。

除了 MTV，位於青島東路的舊電影圖書館、每年入冬的金馬國際影展、1989 年底創刊的《影響》雜誌、重慶南路騎樓上專賣海盜版錄影帶的「秋海棠」，以及輔大學長聞天祥創立的電影藝術研究社，都是我日常牢牢寄生於電影的管道。

從學生時期到畢業工作，從留學生涯到返台任教，看電影逐漸從生命啟蒙變成了生活習慣。尤其在劍橋做博士研究那幾年，有段時間身心狀況不太好，於是每天吃完晚飯我幾乎都去當地藝術電影院或圖書館看片。當時甚至很認真寫了一年多的電影日記，記錄自由任性的觀後心得。

毫無疑問，電影總是我人生的救命浮木，因為它告訴我不要放棄想像，生活還有他方，進可攻退可守。

「人們看也聊電影，不僅迷戀其給予的感官刺激，也因為它再現了真實與想像生活的喜怒哀樂；甚至有時，電影像本指南，建議觀者面對自身處境的可能方向。既然電影和人生，總是互為 déjà vu（似曾相識），我們或許需要一些『連結』的提示。」這段話，我寫在 2010 年的四月，一本剛創刊電影雜誌《cue》的發刊詞。當時有群熱血的年輕朋友找了我，統籌總編這本新刊物。

刊名「cue」的原意，是指用某個暗示訊號，提點人們行動或思考。多數表演如果缺乏 cue 居中聯繫、提示轉折，可能很難流暢完美。其實不僅在拍攝或舞台現場需要各種 cue，電影來到觀眾日常，也提供了無數反思的 cue。

但願此生，電影和生活，持續交互 cue 著彼此。這始終是影癡如我者，每天元氣的練習。

物裡學

物裡學

聲音之物

「我們的耳朵沒有塞子，註定會一直聽著，但這並不表示，我們有一雙開放的耳朵。」——莫瑞·薛佛（Murray Schafer, 1977）

隨身聽 Walkman

2019 年是 SONY Walkman 誕生四十週年。隨身聽，對大世界與小個人在 1980 年代產生了深遠的革命影響。但 SONY 高檔貴氣，之於像我這樣的勞工階級小孩，總仍可望不可及。

我的人生第一台卡帶隨身聽，是存了整整一年零用錢好不容易才在中華商場二樓買到。一台已在我生命消失無蹤的 AIWA（愛華），曾經 play 過的卡帶們，日夜平撫著苦悶少年不知如何排遣的身心。

其實和 SONY Walkman 在同一年橫空出世的，還有 Pink Floyd 專輯《The Wall》，好長一段時間，它天天都在我的隨身聽裡轉個不停。自此「敲開牆」打開耳朵，思想控制不再管用。即使坐在教室身不由己，默唱兩句「我們不需要教育，嘿老師你滾開點」，就是一次既阿 Q 又激進的微型抵抗。

每天從士林自家往返台北車站的公車上，隨身聽就像我的一道隱形隨身牆，將自己和滿車子擠死人、卻還在背單字的用功同學，區隔開來。當他

們賣力默記著一個個英文字詞、一步步朝往未來將進的頂尖大學時，我卻只是閉眼聆聽著一首首英文歌曲、一天天預想將要面臨的落榜重考，既恐懼卻又莫名反骨快感。

我既是披頭四（The Beatles）歌裡的「The fool on the hill」（在山丘上的傻子），坐看日出日落、世事更迭，孑然一身卻自得其所，我也叛逆而不靜地《Across the Universe》，不斷反覆哼唱著「Nothing's gonna change my world」。

如果說自己關起門來的房間，就是一個遺世獨立的迷你宇宙，那麼隨身聽就是穿梭在銀河星系間的小小太空船。而去學校上沒有感覺只為聯考的課，就像是被運到殖民星球跟著集體探礦的奴隸苦役，我必須倚賴搖滾樂的日夜接駁，才能好好存活下去。

我開始這麼胡思亂想，長出了某種奇妙的外星人意識。自覺與周遭地球居

民有些格格不入，很大程度當然還跟大衛・鮑伊（David Bowie）有關。

無垠而靜寂的航道上，有著完美的逃逸與絕對的孤獨，這二律背反的奇妙狀態，讓少年以上、成年未滿的我深深陷入。我對《Space Oddity》裡湯姆上校（Major Tom）永恆漂流的迷戀，簡直快比崇拜眞人偶像還強烈。

直到現在回想起來，整個八〇年代的中學記憶，幾乎都是音樂，而且多半是自閉式的聆聽。在那個還沒網路的時代，你根本找不到誰跟你一樣來自外星而能相濡以沫。聆聽微弱中帶著強大意志的星際訊號，至少也幸好知道，遠方總有知音如你我。

還有兩張八〇年代的遠方專輯，我永難忘懷，一是史密斯樂團（The Smiths）的《Strangeways, Here We Come》。我想也是他們粉絲的朋友一定覺得奇怪，明明這就不是他們高峰經典，反而是令人唏噓不已的解散之作。

我在低迴的歌聲中，彷彿聽到他們過往憤怒的批判、不平的吶喊，在此淡出成失落、無奈與反思。當搖滾不再陽剛味十足地帶領衝撞，而能陰柔誠實地面對己身怯懦，或許便能撫慰星球角落逝而不去的傷痛。

另一則是新秩序樂團（New Order）的單曲專輯《Blue Monday》。

相對於永遠都能標舉嬉皮神話的六〇年代，八〇年代的世界局勢，卻讓發達資本主義帶著走進一股新保守秩序中。尤其當迪斯可熱舞不再酷炫、爆裂龐克也漸成時尚物件的諷刺時刻，年輕世代只想在無數深夜隨著節拍解放身體。

我始終記得高中時瘋狂喜歡〈Bizarre Love Triangle〉的誇張程度——我曾在深夜關燈一片漆黑的房裡裸舞，隨著悠揚電音與沈鬱聲線的詭妙混融，穿梭在輕盈的忘卻、與沈重的記憶縫隙間。

成年後，我的聆聽觸角不斷延伸，除了搖滾與電音，也在爵士甚至古典樂中，發現了殊途同歸的星際旅伴。

在此我無法一一羅列致意，從顧爾德（Glenn H. Gould）彈奏的巴哈、到神祕飄渺的印象派如德布西（Debussy）與薩堤（Satie）；從孕生「酷派」的邁爾士・戴維斯（Miles Davis）、比爾・艾文斯（Bill Evans），到空靈瀟灑的坂本龍一，等等。他們輪流從耳機那端，飄浮進我的耳朵裡面，灌注一種自在獨處的韻律節奏。

TALKING HEADS
RECKLESS
BRYAN ADAMS
HEIDI BERRY
BELOW THE WAVES
FEELIES
ONLY LIFE
R.E.M.
EPONYMOUS
ONCE UPON A TIME IN AMERICA
BOB DYLAN
GREATEST HITS

FACING YOU
KEITH JARRETT
PIANO

VINY

THE BEATLES
300

TOWER RECORDS
CASHIER
CRCKLCKS 2nd EP Lighter

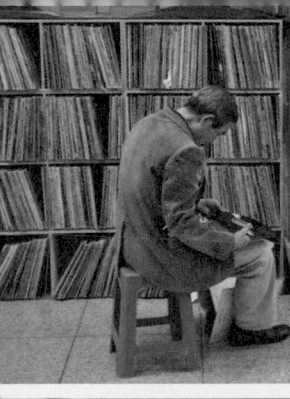

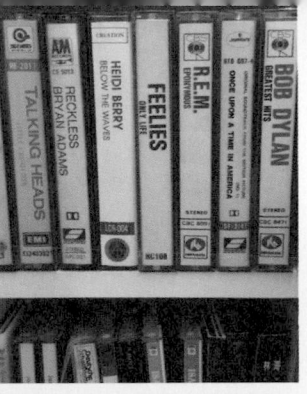

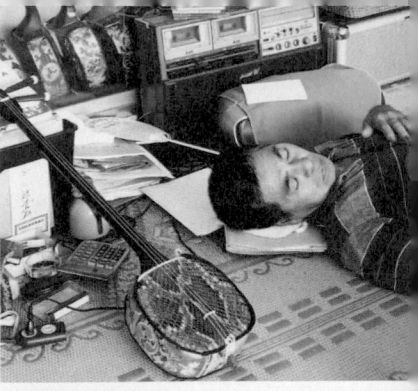

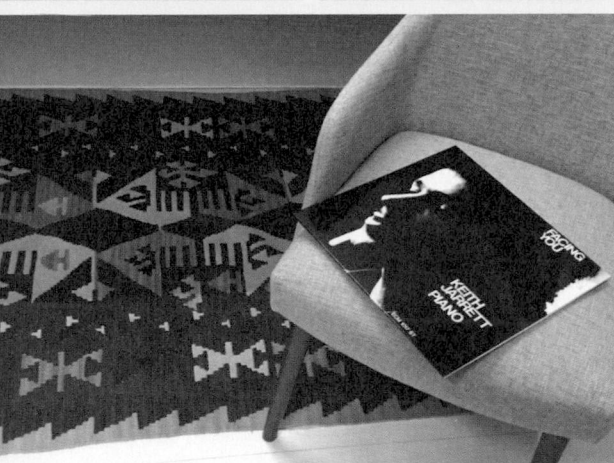

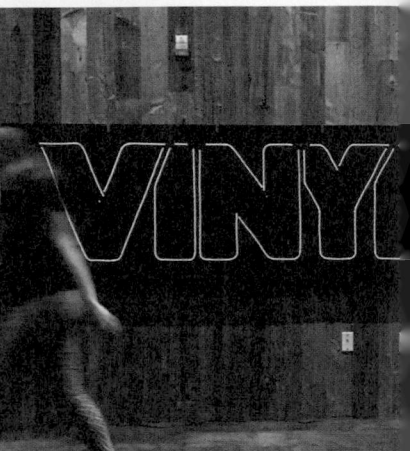

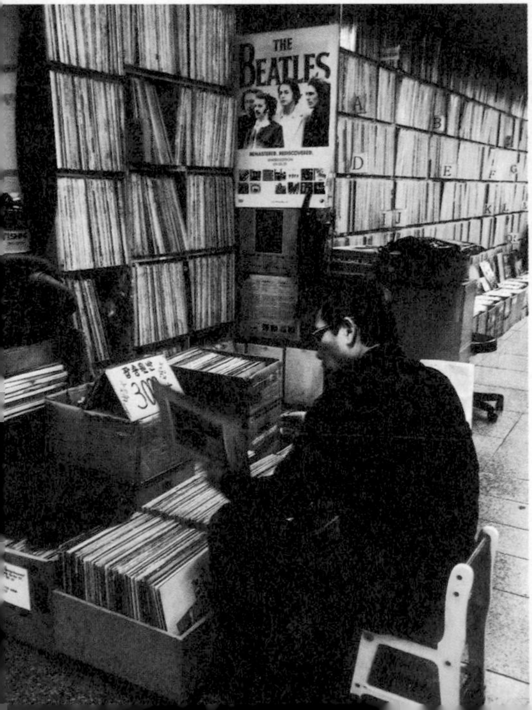

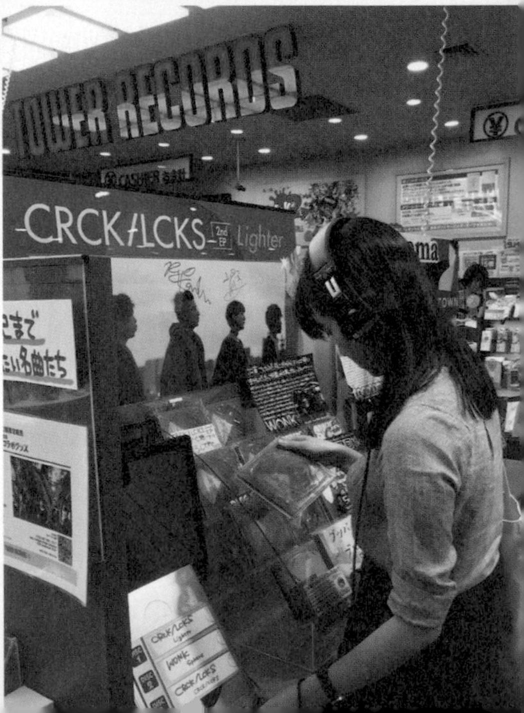

음악초보
악기 마스터하기

통기타
이지
스타트

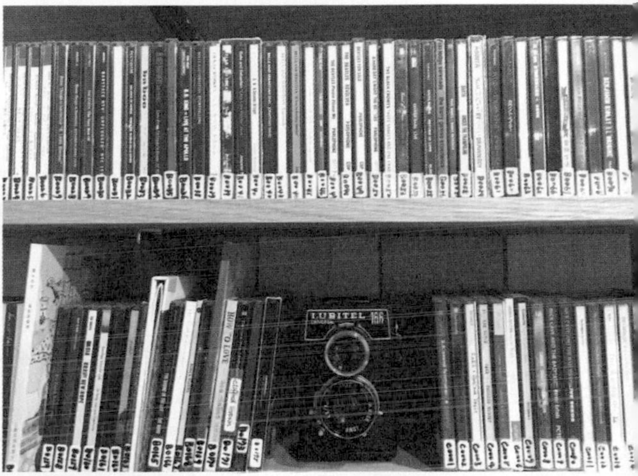

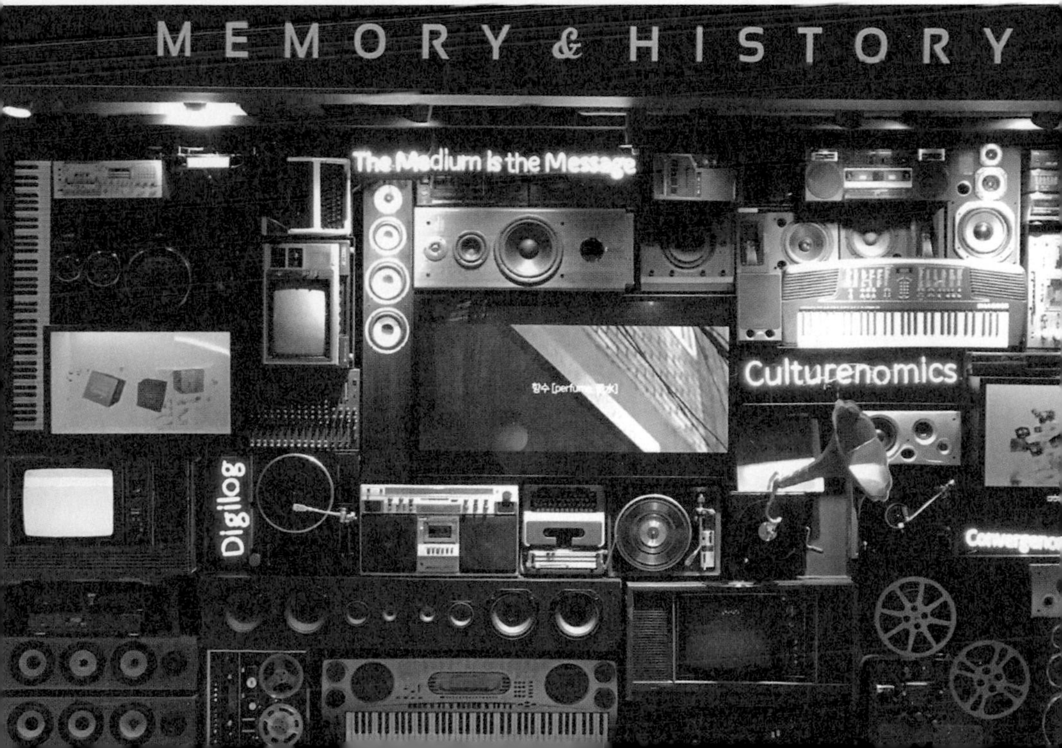

MEMORY & HISTORY

The Medium Is the Message

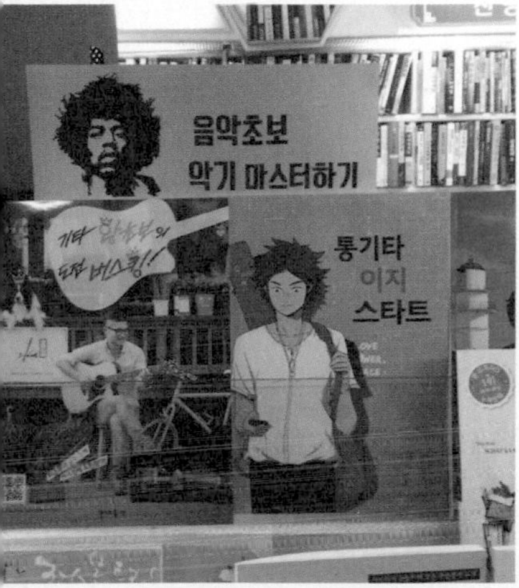

향수 [perfume 香水]

Culturenomics

Digilog

Convergence

細數這些聲音記憶與其說是懷舊，在串流吃到飽的年代，我總不免回想起聆聽的初衷。尤其是因爲台北四處擁擠。不只物理意義上的地狹人稠，更是心理上的喧鬧打擾，經常缺乏靜定呼吸的空間。除非，音樂像是一道牆也同時是一扇門，讓你閃躲也帶你逃走。於是在喘不過氣的日常人流中，可能存在一分一秒的心流，得以暫停而空無。

戴上耳機閉上眼，我看見台北成了廢墟、成了鄉野、成了宇宙。那是屬於自己任性的微型宇宙，死而復生的宇宙。

物裡學

耳機 earphones

耳機是一道牆。一道包覆與保護自己的牆。

我清楚意識到這個狀態，是十多年前在倫敦的地鐵裡。那天，我忘了帶隨身聽出門，不可原諒的失誤。偏偏很巧，又遇上了月台疑似有人放置爆裂物而緊急疏散，整個柯芬園（Covent Garden）車站擠亂成一團。在急促的哨音、廣播、腳步中，有人大呼小叫、有人猛打手機、更多人是細碎交談、甚至有小孩哭了起來。

要命啊，我不斷喘著大氣。那時真覺得，無論炸彈是否虛驚一場，我的頭可能會先爆開。天知道我有多需要一副耳機，為我立即砌起一道牆。或許對抗那些可怕噪音的唯一方式，就是在自己的耳邊製造更大的噪音。如果當下有人願意讓售耳機，毫無疑問，我願意餓半個月的肚子，買下短暫的聲音庇護。

頗為弔詭──眼鏡賦權我們，把這世界看得更清楚；然而耳機卻允許我們，可以不要聽清楚外面世界。有時後者竟比前者來得重要；因為眼睛可以閉

上，耳朵卻沒有蓋子。討厭某視覺對象就自行挪開，但即便如此，我們可能還是會繼續聽見它。聽覺的穿透性與銘記度，其實比想像中大，很多時候這是令人頭疼的根源。

對我來說，耳機作爲隱形的牆，其構成會因時因地產生變化。在人聲鼎沸的捷運裡，這牆大多以搖滾砌成：鼓點是磚塊、人聲是鋼筋、貝斯是水泥、吉他是塗料。非得如此，耳機才能比車廂裡的扶手吊環，更具牢固效用。否則在那些木然的面孔、快閃的廣告、尖銳的車聲、與僵固的播報中，孤立恐慌的我如何站穩。

回想中學時，省下吃飯錢，偸買了第一台卡式錄音帶隨身聽。無論清晨傍晚，車上的綠制服女生用功翻著書，有時輕聲唸起英語課文。我的書包拖得很長但扁得可以，心裡空空的，耳機卻帶來一種難以言喩的慰藉。

又比如唸研究所時，經常搭乘往返新竹台北的長途巴士，我的耳機之牆則經常構築以較抽象的樂音，扣連起窗外遠方的燈火明滅、與窗上投射的自

我身影。那樣的時刻，耳機不是我憤世嫉俗的自閉高牆，而像是一片佈滿溫暖藤蔓的矮牆。我靜靜攀附其上，觀景、聞風、思人、想事。

如果說，十九世紀末留聲機的發明，讓我們得以不斷重現、並與人分享音樂；那麼二十世紀後期隨身聽的發明，則是反過來，讓每個個人能以自身之意，絕對性地佔有音樂。如果少了耳機，那些偉大的樂手，如何貼在我們耳邊細膩歌唱？而所有不可思議的音符，也就無法在你我小小的耳窩裡，親密跳舞。

記得某次搭高鐵返家，因工作過於疲累而有些心情低落。手機沒電了，取下耳機，莫名不知所措。幸好車廂一片安靜。鄰座靠窗的男生支肘望遠，我當然不知他想著什麼，只是看來也有點悶。從他的耳機外側，漏出微細的音符，似乎是首節奏舒緩的歌。

我閉起雙眼，讓若隱若現的旋律，自然溢散至耳裡。我們互不認識，喜歡的音樂可能不同、就連面對的人生問題大概也很不一樣。但就在那當下，卻如此真實地一起淨空、平穩，也分享了一些什麼。

謝謝他的耳機，不只是堵牆，也變成了一座橋。

物裡學

鍵盤 keyboard

整個週日下午，我的手指嘗試努力、卻又不順地敲著電腦鍵盤，螢幕上打出又刪去幾天後將刊在報上的詞句。文字的難產呼應了窗外天空凝滯的烏雲，雨就是悶著不下。一如往常設定，我仍要書寫某個物件。但幾個鐘頭下來，竟只寫破了一個餐具、「稿」壞了一只皮箱⋯⋯一物無成。

連著兩個物件都寫得拖泥帶水，幾乎每打一行就得來回改上幾次。好不容易形成了一段，卻又因結構凌亂或內容無味，忍痛讓「Delete」鍵一口氣吞噬它們。奧地利詩人傅利特（Erich Fried）曾說：「倘若好運，詞語就會勉強把我們組合成詩人；反之如果走衰，詞語就會把我們給拆得七零八落。」顯然，我正處於後者狀態。

螢幕上的游標閃啊閃著，卻無以為繼。原本用以提振速度的「咆勃」（Bebop）派爵士樂也停下來了，書房裡一陣枯寂。我頹坐在鍵盤前，手掌冒出了汗，濕濕黏黏的很討厭。關掉文件檔案，將手挪開，握起滑鼠，另開啟網路視窗。我很清楚，遊逛網頁是逃避現實的開端。

由右而左，在我胸前桌上有三個物件一字排開：滑鼠、鍵盤和筆記本。如果說，滾動滑鼠彷彿是不負責任的到處風流；那麼敲打鍵盤，就該像是一種說到做到的暫且應許。至於在筆記本上的塗鴉隨寫，則是一場場自以為是、卻已草草早洩的徒然春夢。以上幾個譬喻用得怪異，請多包涵。

我決定起身換音樂：凱斯·傑瑞特（Keith Jarrett）的 1975 年科隆（Köln）演奏會。一般來說，我不會在寫稿時聽這類「荒島唱片」；比如放了披頭四或電台司令（Radiohead），就忍不住跟著唱。太熟悉的旋律，會奪走敲打鍵盤所需的專注。不過，既然此刻腸枯思竭，索性雙手往後腦一盤，來聽第 N 次傑瑞特與鍵盤的親密對話。

據說傑瑞特在這場演奏會前背痛不已，他強忍上台，空手未帶琴譜，頭垂在鍵盤之上靜默良久。全場鴉雀無聲，屏息以待。終於，他緩緩敲下第一個音，展開了二十六分十五秒的即興演出。所有的情緒能量匯聚在指尖，微微顫抖卻又極其堅定地觸擊琴鍵。音符透明澄澈，步調緩慢流暢。

那無疑是一種心理學所謂的「心流」（flow）神馳狀態，傑瑞特率性跟隨鍵盤伊呀吟唱即為明證。憑藉雙手就能製造如此著魔氛圍，何等美好自足。這不只是舉世彈琴者皆企求的境界，對寫作人而言，亦是心嚮往之。我常覺得，書寫如奏樂；十指來回敲擊鍵盤，為了反覆調校修辭的音準、排練字詞的韻律與句子的節奏。

所以我喜歡，一個一個鍵發出清脆聲響地敲著創作。儘管一般而言，所謂好鍵盤是越小聲越好，但我卻愛簧片觸彈時的「喀搭喀搭」。幸好，我總是獨自工作，不用顧慮吵到旁人。

維吉尼亞·吳爾芙（Virginia Woolf）曾說自己感覺得到「下筆時每個字的重量」。倘若寫字是一種沉陷，打字則可能是躍起。如今我們希望感受到的是，打字時每個鍵的輕彈。

於是就在傑瑞特最後一個琴鍵彈起、四周又陷入寂靜時，我電腦鍵盤上印刻的小小符碼，終於又重新排列組合起來，以一種偶然隨機的隊形。

我開了一個新檔案，在桌前坐好，雙手懸於鍵盤之上，就像琴師演奏前的準備。即使沒有半個聽眾，這仍是嚴謹卻刺激的有趣時刻。

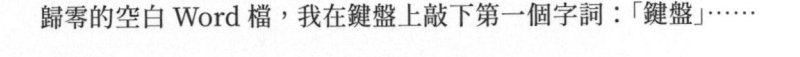

歸零的空白 Word 檔，我在鍵盤上敲下第一個字詞：「鍵盤」……

飲食之物

「我們喜歡吃什麼、選什麼作爲飲食、以何種方式進食、又如何感受飲食，這些很顯然都是彼此相互關聯的事實，且清楚指向著：在與他人的飲食關係中，我們如何自我覺知？」

——西敏司（Sidney W. Mintz, 1985）

咖啡館 café

「你想到新大道轉角那處新開的咖啡館坐坐。它的店面雖還堆置著施工
碎屑，卻已自豪展示出即將完成的風采。又是家令人目眩神迷的咖啡
館。」這段看起來有點像社群網路上的留言，其實是法國詩人波特萊爾
（Charles P. Baudelaire），在 1869 年寫下的。

回溯十九世紀初葉的巴黎，很難想像其實是一個擁擠、混亂而骯髒的城
市。雖然驚天動地的大革命推翻了封建秩序，但人口激增、貧富差距所導
致諸多問題，卻讓巴黎陷入泥淖。

直到 1852 年拿破崙三世稱帝，並於隔年任命新的塞納省省長奧斯曼
（Georges-Eugène Haussmann），所謂的「世界花都」才開始大刀闊斧
（甚可說是粗暴也不爲過）地被設計與發明出來。

無論這個「清理」如何激烈，以林蔭大道爲主意象的景觀建構，的確讓巴黎
改頭換面，也讓在此居住或來此遊歷的人，產生截然不同的生活經驗。其

物裡學

ONIBUS COFFEE

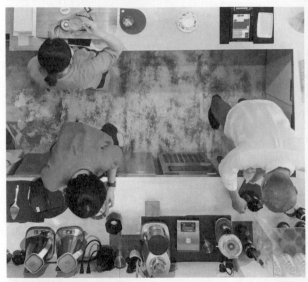

中，誘人的百貨櫥窗與迷人的咖啡館，就是顯著遺產。巴黎的咖啡館數量，從 1851 年約四千家，到 1885 年擴增十倍至四萬兩千家。

咖啡館開始緊密地嵌入普羅大眾的日常生活中，而不再專屬於有錢有閒階級。文豪巴爾札克（Honoré de Balzac）甚至形容咖啡館是「人民的議會」。在這裡，工人階級與改革派的文人群聚討論時事。很多人的結婚儀式也不選在教堂了，就在咖啡館裡進行，由老闆擔任證婚人。

當代左派理論大帥大衛‧哈維（David Harvey）在巨著《巴黎，現代性之都》中便指出：彼時巴黎工人們為了工作雖然經常更換居住地點，卻總是待在同一地區，因為他們已經會習慣去同一間咖啡館。

如果我們再把時空拉至二十世紀初、受到巴黎咖啡文化輸入影響甚鉅的日本。對當時東京人來說，咖啡館也不只是喝咖啡的飲品消費空間，更是充滿象徵感、情緒性、人與人相遇社交、或個體與自我靈魂對話的場所。

「要去哪兒好呢？ヨーロッパ（Europe）的咖啡很好喝……」、「是不錯啊，如果是那裡，倒也滿適合談話的。」這段對話出現在大正十一年（1922）的《時事新報》。

Café Europe 是當時東京銀座最人氣的咖啡館之一，不僅名字直接就叫「歐洲」，老闆 Karl Juchheim 本人就來自德國。他原本在中國青島的德國海軍基地服役，一戰時遭日軍俘虜。沒想到移至日本定居後，他先在神戶創立著名的JUCHHEIM年輪蛋糕店，然後就在東京開了「歐洲咖啡館」。

大正年間，咖啡館在東京數量直線上升。1930 年代全盛時期，在咖啡館從事女侍工作者竟多達六萬人。當然這個風潮，也透過殖民統治，傳到了台灣。

1933 年於台南發行的《三六九小報》中，曾有如此描述：「群花招展，肉屏風也。蠻腰巧折，天魔舞也。唱片妙響，流行曲也。心身陶醉，五色酒也。時代人之官能。於是乎享樂之亂舞。聖哉珈琲店，尖端時代之寵兒也。」

這段文字顯示當時的「珈琲店」並不單賣咖啡，也賣酒，而且還有穿著和服的美麗「女給」陪坐。

根據廖怡錚《女給時代》所述，女給（じょきゅう）是日文「女給仕」的簡稱，由十四至二十五歲年輕女性，在店內從事客席間的接待、送餐與陪侍。

珈琲店除了是接近或取代酒家的風俗情色場所，有些也是風雅藝文沙龍。比如 1912 年創店、原址位於現今二二八和平紀念公園內的「カフェ ライオン」（Café Lion），常聚集各路文人雅士。甚至還有贊助者在其庭園搭建祀奉文藝之神的天滿宮，供人參拜。

又如 1931 年在太平町（現在延平北路）開店的「維特咖啡館」，光聽名字（取自歌德《少年維特的煩惱》）就知其文藝之氣。

然而 1930 年代台北這股珈琲店熱潮，隨後卻被「喫茶店」取代。喫茶店保留了咖啡、社交與音樂三大特色，卻去除珈琲店裡的「粉味」和高價，對社會大眾敞開大門。從此不只高階人士或尋歡男性，一般學生、會社會員乃至家庭主婦，也都流連忘返於此。

同時，喫茶店也主打西式甜點和冰淇淋。比如當時位於榮町（現在衡陽路）的「明治製菓」，就是一棟三層樓，放著音樂、供應咖啡與巧克力糕點的時髦生活大本營。

陳柔縉在《台灣西方文明初體驗》的開頭第一篇就寫咖啡店，透過史料回溯，她說明當時台北喫茶店的流行，不僅跟供應飲食的洋味有關，更因為

這些店裡的內裝設備：「紅藍相間的霓虹燈、唱機放出輕音樂、西式桌椅、漂亮的壁紙、綠色盆栽，則是一般喫茶店的基本配置。當然，吸管和牆上的心型圖案，都能激盪出喫茶店的氣氛。」

氛圍，的確是咖啡館中，與咖啡本體並列最核心的存在要素。也意味著，人們在咖啡館所想要得到的，永遠不只是一杯香醇，其實更是一種聯覺（synesthesia）——意指五感裡其中一種感官知覺，連動到另一種感官知覺，由此相互交疊成一種同時共融的新奇感覺。這也說明為什麼許多從事創作性工作的人，喜歡「泡」在咖啡館。

相信即使只是一個簡單相遇，踏出咖啡館的人們，從巴黎、東京到台北，從十九世紀到今日現刻，都仍持續打開自己的五感介面。或許每一種新的生活趣味，就從這苦中帶甜的一杯、聯覺的角落，熠熠閃現。

玻璃杯 glass

不知有多少人和我一樣，對於「進入某家餐廳坐定後，端起玻璃杯喝水」這樣平凡無奇的瑣事，其實有點在意。比如杯子的體型、握感和水漬痕跡，以及所倒入白開水的溫度和味道⋯⋯等等，總覺得有一種莫名的重要性。有時甚至比之後上的主食好不好吃，還令我掛記。

玻璃水杯之於一家餐廳的意義，對我來說，不只是「從小地方可窺見此店家用心程度」這類老生常談，或許更像是一種，有著鐵軌轉軏器功能般的象徵物。它和掛在餐廳門上的風鈴、與侍者或老闆的「歡迎光臨」招呼，是同一系列的必要元素；讓人在外食尋覓與享用啟動、或勞動勞心與暫停喘息──這兩種情境間，能有個俐落而完全的切換。

十幾年前我受聘於東京客座研究，頭一個月訪問學者的薪水還沒匯來，窮到見底的我每天只吃一餐。經常光顧車站前二十四小時營業的廉價咖哩飯──是那種門口有投幣食卷機、而裡頭就只一排吧台位、毫不起眼的連鎖快餐店。進去後我總會先喝上一大杯水，那玻璃杯涼爽的手感、冰水灌入喉頭的暢快，至今難忘。這種大口喝水大口扒飯的氣勢，頗有生命力。

那時愛去下北澤一帶晃蕩，純粹只是瀏覽而不買物，練習波特萊爾式的街道漫遊，而傍晚的終點常是一杯便宜又香醇的越南咖啡。其特別之處，在於使用古意的印花厚玻璃杯當器皿（一般來說，喝熱咖啡幾乎都用有「耳朵」的陶瓷杯）。當熱水緩緩沖入疊在玻璃杯口上的滴漏杯，咖啡就一滴一滴開始落下。

我總是支著肘，透過一只樸實玻璃杯的微妙變化，呆望如沙漏般安靜流洩的「珈琲時光」（一如私心甚愛的侯孝賢作品片名）。首先是熱氣霧化了杯面，然後是咖啡極為緩慢地充盈杯裡。

深色木桌上，溫暖的黃燈泡投射在玻璃杯側，產生一些微妙的幻影。咖啡不理會我的定格凝視，繼續滴漏，黑褐色液體竟如此澄澈，而透明玻璃杯反倒成了迷濛的對比物。

這正是簡單玻璃杯的複雜美妙之處：它不僅被物理性地當成「容納」液體的器皿，同時也是美學性地作為「表現」液體的媒介。隨著每個玻璃杯本身顏

色、型態與質感差異、杯外側受光源反射的不同角度、及內容液體的濃度與色澤變化，玻璃杯似乎比其他材質的飲品容器，更容易攫取人們目光。

詩人谷川俊太郎就曾讚誦玻璃杯──雖只是個有底而無蓋的平凡圓筒器皿，卻有一種詩意的「不可及性」，因為「在我們繁複的生活中、在晨照的斜射下或人工照明的光亮中，它總有著無可否認的靜態美」。

這也讓我想起村上春樹在《如果我們的語言是威士忌》書末，描述他在愛爾蘭旅行的某夜，於酒吧裡窺看一位老人，從進來到離開那段適切的時間，靜靜以一種適切的慢拍，喝乾適量的酒。那種人與杯與酒的獨自對話情調，或許可呼應十七世紀英國詩人喬治‧赫伯特（George Herbert）略嫌誇張的吟詠：「凝視玻璃杯，或可窺見天堂」。

尤有甚者，我在劍橋博士班時期的教授艾倫‧麥克法蘭（Alan Macfarlane），還曾因某次用餐，看著玻璃杯所反射、若隱若現的虹彩而莫名感動，驅使他在日後寫就《玻璃如何改變世界》這部科技史佳作。慚愧的是，我忝為大師弟子卻魯鈍疏懶，無法跟進研究，只能瑣碎記下，那些曾在不同角落、為我帶來喘息、氣力或靜定的玻璃杯們。

物裡學

筷子 chopsticks

我喜歡樸質的木製筷子。就像握著剛削好、還散發木屑香氣的鉛筆，讓人感到書寫前壓倒性的靜謐；每當我持著修長的杉木筷，無論接下來要吃的是圍爐大餐或孤獨泡麵，都有一種說不出的踏實存在感，透過溫潤的指間觸覺，它好像在告訴我：「要好好地吃，好好地活」。

對我來說，筷子比任何一種餐具更近似手指的擬物、或者延伸。相較於刀叉匙，筷子無所謂左右手的差別，它缺乏一種明確的方向性。每個使用者因其個人習癖，而將筷子自我身體化。筷子不像銀製刀叉匙的沉甸、動作盡是往下墜落；相對的，它總是輕盈向上揚起。也難怪，我們只看過雀躍的筷子舞，而未曾聽說有人以叉匙入舞。

筷子雖是形狀最簡單的餐具，不過就是獨立成雙的平行線，沒有任何「面」的型構；但也因此能與我們的手指巧妙交纏，且比任何一種餐具都便於攜帶。「握」或「拿」，其實都不是指涉手持筷子的精確動詞，那頂多適用於對刀叉匙的操作描述。總之，筷子的形式極簡，是爲了融入它極繁複的對應體：手指。

若從西方中心主義觀之，筷子並不好用：與湯匙相比，它不易撈取；與叉子相比，它不好固定；與刀子相比，它不便切割。然而，如果我們將視角反轉，卻會發現筷子其實因此而「一式多用」──至少可以刺穿、切分、按壓、翻動、攪拌、夾取、傳遞⋯⋯

法國社會學家羅蘭 · 巴特因此讚頌筷子：「它的姿態如此輕柔，有著一種陰性氣質，這種準確、細緻的動作正如母親抱小孩般的小心翼翼⋯⋯不像我們（西方人）餐具那樣切割和刺扎；它從不蹂躪食物，不是慢慢挑開（如對待青菜），就是輕輕分離（如對待魚類），因而重新發現食材本身所具有的天然縫隙。」

刀叉匙的單一機能導向，與講究專精分工的歐洲現代思維契合。每種餐具各司其職、固定其用。只要有參加過西式盛宴的人，肯定對那一字排開、大小長短不同的刀叉與匙，印象深刻。相對而言，筷食的東亞生活圈，傾向建立某種圓融一體、彈性非固定、與多重機能的物體系。避免過度的功能區隔及其對立，而以木或竹為主的素材則強調了自然感。

再者，西方的進食安排具有一種中心性，有明確的主副菜之別與前後順序，因此餐具也須隨之變化。表面上這是一種個人主義式的進食，但其實卻服膺於某種核心權力的均分。

然而，我們的用餐相對是去中心而散漫的，桌上滿佈不同烹調形式的菜餚，等待具備多重機能的筷子來挾取——於此沒有特定的次序，只是基於個人偏好的選擇，以及某種隨機的趣味。當然，也可能是儀式性的行為表現，比如說幫忙挾菜，以示孝敬、客氣、或愛意。

因為喜歡筷子，去日本旅行常會帶回漂亮的杉木箸，不過節儉的媽媽總捨不得用。偶爾我回老家吃飯，不免抱怨「筷子這麼舊該換了」。直到有一次，半夜煮了麵，安靜等待時我拿起筷子，用指尖緩緩撫摸，發現尖端部位有些極細的坑凹，想是媽媽不經意留下的牙齒咬痕吧。突然我感到微微不捨，原來歲月老去的記憶，竟已銘刻在如此毫不起眼的舊筷子上啊。

叉子 fork

相較於自己對杉木筷子毫無保留的喜愛，不鏽鋼製叉子，於我則有一種感官上的好惡參半。一方面，叉子記憶著某些美好味覺：諸如五分熟的菲力牛排或「天使髮」義大利細麵（Capellini）等西式佳餚；但另方面，它本身的觸感和視覺，卻較難誘發物件與主體間的親密連帶，有時還給人難以言喻的冰冷距離。

筷以木材削作，質輕、溫潤、柔和，叉子則是沉重、冰冷、堅硬的金屬製品。筷子是手指之延伸，靠輕握、托住的巧妙動作而後夾取。叉子則全然不同──透過緊密的穿刺、固定，它圈劃出取食的一口範圍，再佐以餐刀切割。前者有某種曖昧但萬能的兼容性，後者則強調明確而單調的機能性。

叉不僅跨文化地與筷形成對比，即便在同一文化內，它和勺匙的關係亦是如此。叉子具有攻擊的武器意象，表徵著人類征服而非順應自然；而勺匙卻相對安定、包容，被精神分析大師佛洛依德（Sigmund Freud）視之為母性象徵。

在古英國，一個茶碟裡放著兩只小勺，預告婚禮將臨；耶誕夜裡人們舉起勺匙，祝不在場的親友健康平安。勺匙在不同生命儀式中常以禮物的姿態出現，而叉子卻很少被當成餽贈品。

叉子雖是遠古狩獵和烹烤工具的縮小擬物，但其在餐桌上的歷史，卻遠遠不及筷與匙之久遠。史載最早使用餐叉者，可能是十一世紀威尼斯總督的新婚妻子。當時她以叉進食的舉動，讓參與喜宴的多數賓客大感震驚。樞機主教甚至寫了一篇文章批判她，題為：「過度矯飾高尚，體內因此徹底腐敗的總督之妻」。

教廷認為，既然亞當和夏娃在伊甸園都是徒手取食，人類就不該自作聰明、以不潔的器具代之。後來總督夫人罹患絕症，大家一口認定這就是她挑釁上帝自然律則的罪果。直到十七世紀，德國的神職人員都還沿用同樣的理由，反對將叉子引進家中。於此同時，地球另端的中國和日本，早已發展出精緻的箸食文化。

就連學富五車的法國作家蒙田（Michel de Montaigne），都曾在其經典文集中，坦承「自己幾乎不用刀叉……時常咬到手指。」難怪年鑑史學宗師布勞岱爾（Fernand Braudel）直言：「十六世紀以前的歐洲，並沒有名符其實的豐盛飲食和洗鍊的用餐方式。在這一點上，西歐遠遠落後於所有古文明。」

直到十七世紀，極力打造自身完美形象的路易十四，終其一生仍是用手取食，並禁止皇室成員使用叉子。很難想像，即使優雅貴氣的瑪莉皇后，也都還是將纖纖玉指伸入餐盤大快朵頤。

同時間，叉子進口至英國，喜劇巨匠班‧強生（Ben Jonson）甚至在他的劇本裡諷刺寫道：「用叉子實在很可笑！從義大利傳入，想藉此節省餐巾吧」。

叉子除了讓手指不再沾滿油膩肉脂或水果汁液，而弄得濕糊黏搭；也迫使人們每次只拿一小塊、定量的食物，將未被叉取的部份留在面前盤中。這一方面定義出新的餐桌禮節；另方面，也演化成布爾喬亞階級的拘謹社交節奏——在言說中，切割、插取、咀嚼的不只食物，還有如法國文豪普魯斯特（Marcel Proust）筆下微妙流過的似水年華。

就像多數體現西方現代性的事物，都訴說著一種溫柔的粗暴。叉子無意識的理性計算，只是社會規範在餐桌上被改寫的一部份。弔詭的是：這所謂文明的禮儀，竟立基於暴力的穿刺；而維繫生命的取食，卻透過帶有弒殺氣息的器物。凝視著冷冽鋒利的叉尖，我似乎找到了自己無法衷心喜愛叉子的理由。

碗 bowl

Wagamama（「わがまま」的日語發音，意指任性）是我在英國留學時、一家知名的（偽）日本拉麵店名。不太道地卻很貴，西方人很愛，東亞人卻搖頭無奈。不過餐廳店頭的大幅海報，倒讓每每路過的遊子如我，從口到胃都鄉愁不已──海報上攝影裡的人，捧著碗公大快朵頤，把整個臉都給遮住了。

留學之初，我隨身帶了一個有蓋塑膠大碗（維力炸醬麵包裝上畫的那種）；總是端著在濕冷的夜裡呼嚕吸麵，因而長出了繼續的氣力。寫論文後期返台探親，在永康街龍安市場買到一只青花粗瓷小碗公，雖然碗口缺了一角、碗底也有蛛網般的裂紋，但白底藍花的樸實，自有一種恆久的溫潤。

後來我還夾帶了一顆狀似台灣的生番薯上飛機，抵達宿舍後就把它養植在那只碗裡。心型的地瓜葉順利地長了出來，無視英國的陰暗潮寒。我暗自誓言：在它攀爬到窗台前，定要加緊完成學業，回返家國。或許，這只故鄉的古碗，宛如我在異地凌空捧起的雙掌，已然滄桑斑駁，卻又悄悄孕生綠意。

物裡學

碗這東西，既不凸出更不尖銳，相反的是凹陷而圓滑；它簡單卻精準地擬仿了人類溫潤厚實的掌心（而非相對具有較多破壞潛能的手背）。考古學家說：這形體成了所有容器的原型。遠溯石器時代的泥陶製碗，和今日我們所用已極為相似：圓形，口大底小，高度約為開口緣線直徑的二分之一。

碗是文明進展的關鍵物。一方面，它盛裝了以水和火一起烹煮的食物、見證了人類由生吃到熟食的關鍵時刻，這使之成為人類學大師李維史陀（Claude Lévi-Strauss）所言，一個「充滿文化意涵的物件」。

另方面，它取代手掌，依照人的意欲而留住任何流體；這是一種對「自然流失」的有效干預，或者說，真正「掌控」的象徵。

然而，作為一個盛載、留置、甚至掌控流體的固體物，碗所呈現卻不是「硬派」的陽剛意象。它的構成沒有一絲稜角，總是柔和而富彈性。碗比杯子開放，所以不只裝飲料還能放食物；而它又比盤子拘謹，因此能保溫熱湯，易於端食。

這種包容而不禁閉的物性，讓法國哲學家德瓦（Roger-Pol Droit）譽為「最具母性也最叫人放心的物品」。

倘若碗如母親，我異想天開覺得：湯匙或勺子，就是與之相互依存、且面貌近似的孩子。世界上幾乎每個民族，都有他們自己獨特材質的碗和勺匙，無論他們是以手食、筷食或刀叉食。有趣的是，碗和勺匙的大小並非絕對而是相對；比如說北美印地安人的湯杓多半寬厚，甚至比日本茶碗的容量還大。

碗在許多文化裡都隱含著一種亙古性。時間彷彿就這麼一碗接一碗地，既被擷取，卻又流過。嬰孩斷乳時，人們開始以碗盛穀粥餵食；離開人世後，桌上則獻祭以一碗「腳尾飯」。每天早晨中午晚上，不分地域種族階級年齡，我們以碗吃喝。碗是生命長流裡，一個又一個如「……」的標點符號。

碗曾在我離鄉時賜予動力，之後則反向催促我回鄉；它指向了飽足，卻又歸諸空無。難怪佛教僧侶即使什麼都不擁有，至少仍帶著一只碗缽。想像把碗倒蓋，彷彿手心朝下的拳，看來像要緊緊握住一切，裡頭卻什麼都沒有；不如將碗朝天而開，就像手心向上的掌，其實擁有了一片天空。

泡麵 instant noodles

某次在學校，我端著泡麵，通過研究室走廊，遇到了學生，他們很驚訝地說：「老師你好可憐怎麼吃速食麵？」我笑著回答：「只是偶爾就會想來一碗。呼嚕呼嚕吸著熱麵，在冬天夜裡還滿幸福的，一點都不可憐啊」。

毫無疑問，媽媽在老家看到以上這段文字，肯定來電關切，叨唸我幾句。和許多人一樣，我從小也被恐嚇，這種垃圾食物「會讓你變成木乃伊」。儘管並不常吃，但泡麵總有種神奇魔力，讓我在某些時刻就會熱切欲望。

每次打開碗蓋，那些以健康為名的叮囑，就被香濃的熱氣驅散。我只想跟這第 N 碗泡麵，告白電影《斷背山》裡的經典台詞：「真希望自己知道該如何戒掉你」。

我想我這輩子都不會忘記，2000 年剛抵達倫敦那天，走進超市就被一個要價近兩百台幣的冰冷陽春三明治，驚嚇得不知該如何覓食維生。倘若當時行李箱內，沒有塞進那一碗肉骨茶麵，在宿舍的第一夜，只能又冷又餓地熬過。

泡麵的味覺記憶如此鮮明，竟比回台前指導教授請我吃的那頓法國料理，還要強烈。

這類異鄉遊子的泡麵經驗，其實是老生常談了。我甚至還聽過，當年很多同學選擇搭長榮航空，只是因為機上供應道地的台產泡麵，熱呼呼地比所有餐點，都還要能撫慰長途飛行的疲累或焦躁。

而在日本最經典的庶民系列電影《男人真命苦》中，有一次男主角寅次郎去了維也納，也幸虧有泡麵，得以填飽因語言隔閡而空盪的胃。

速食麵之於日本人，就如同漢堡之於美國人，是一種帶有國族情感和鮮明象徵的「全民垃圾食物」，且能跨越國界地進入各色人種的口中。千禧年時曾有一個「本世紀日本最重要發明」的全國票選，泡麵獨占鰲頭；而當年所有地球人共吃掉了五百五十億包泡麵。這個驚人數據，足令同樣全球化的卡拉 OK，只能屈居第二。

然而，就像漢堡其實是由德國人引介至美國發揚光大，泡麵的發明者亦來自海外——無論是「日清泡麵之父」吳百福，或傳言中被吳買奪專利的張國文——他們都是入籍日本的台灣人。泡麵誕生於 1950 年代，發想自大阪台灣留學生的窮苦求生術。當時他們常請老家母親寄來風乾的雞絲麵，加熱水沖軟食用，以解鄉愁之饞。

考察泡麵從日本輸出擴散的路徑，宛如帝國大夢「東亞共榮圈」的另類實踐。先是登陸韓國、台灣，而後南進香港、泰國和馬來西亞。日清泡麵與各國食品業者連結起生產鏈，而消費者自己則創造了差異的食用方式。

比如，把泡麵當零食乾吃，可說是兒童在校突破「家裡禁食泡麵」的反叛小樂趣。而在泰國，知名的「媽媽麵」，其價格波動甚至被當成重要的消費指標，就像經濟學裡著名的「（麥當勞）大麥克指數」。

以前每次去香港，都會特別跑去中環蘭芳園，吃盤「蔥油雞扒撈丁」。撈丁是「乾撈出前一丁牌速食麵」的簡稱，這類生猛簡潔的港式用語，十足市井趣味。此刻不誇張地說，我只是打下這幾個字，混雜著油雞、蔥香與泡麵、既獨特又協調完美的氣味，彷彿立刻飄然於鼻頭。

在寒流來襲的深夜裡，這樣的書寫其實有點自我折磨。而對正在閱讀此段文字的異鄉遊子來說，則似乎又更加殘忍了。眞不好意思，請各位有麵就泡來吃、無麵趕緊去亞洲雜貨店補貨吧。我想，未來無論身在何處，自己大概都戒不掉這一碗簡單卻扎實的滿足吧。況且，我們都很清楚，要靠吃麵變成木乃伊，談何容易。

冰棒 popsicle

1926 年，有個來自加州、名叫易普生的男士，前往紐澤西訪友，在旅館休息時，他將一杯萊姆汁忘在窗檯，杯裡放著一根湯匙。等到他再想到回去拿杯子，汁已結凍成冰。他用水稍沖了一下杯子，萊姆冰便夾著湯匙滑出。據說這是世界上第一枝冰棒。原來，此一消暑聖品的誕生日，並不是在夏天。

多數人都把冰棒看成是一種季節性、選擇性的東西。但對我來說，它不只是炎熱此刻用來消暑的一種憑藉，更是不分季節已然成癮的一個對象。卽使是冬季，甚至下著大雪的寒帶旅居日子，我冰箱裡竟都不曾缺少冰棒。它不是可有可無的零食，幾乎也算是我的某種「主食」之一了。

這麼說一點也沒誇大。朋友都知道，我總在聚會開始就迫不及待宣告「飯後有冰棒」（不只是甜點而已）。和我一起工作的同事們也習慣，我常在開會討論、絞盡腦汁的當下，起身去開冰箱。看來我該去問問心理學家，這是否爲口腔期欲求不滿的表徵？亦或是一種，對自己易於焦躁上火之夙性的冷卻平衡？

無論如何，我的體內彷彿有座迷你冰庫，細瑣地收藏各種口味的冰棒，並藉此串連起人生不同時期微小的愉悅／逾越經驗。比如說，舊家巷口雜貨店阿婆自製的綠豆冰，以及最初一枝只要三塊錢、檸檬清香口味的「百吉」棒棒冰，就是兒時記憶裡每天最低調奢華的享受；儘管媽媽總是限制你，不能吃太多枝。

中學時，我常在國文課本裡塗鴉，爲每一個正經八百的作者，畫奇形怪狀的人像。其中梁啟超那頁，因爲是「飲冰室主人」，所以我給他塞了十幾支冰棒在嘴裡。那時我喜歡一種新上市的西瓜冰棒（做成切片型、西瓜子則用巧克力模擬），就連我暗戀的女孩她也愛吃。這是在福利社摸魚打屁時，得到的重要情報。

福利社，是台灣戒嚴時期學校、軍隊乃至工廠這類壓迫場域裡，特許人們暫時放風喘息的緩衝區。而冰棒，則具體賦予了福利社之所以「福利」的小確幸口感。如果一間福利社沒有販賣冰棒，簡直比不提供熱拿鐵的星巴克，還令人無法接受；就像是菜市場旁的美容院裡，竟然沒擺放八卦雜誌供人翻閱般的失格。

說到冰棒與福利社的魚水關係，就不能不提各地台糖糖廠的福利社附設冰品部。在眾多口味的「台糖枝仔冰」裡，最素樸的清冰，甜而不膩，是我的最愛。枝仔冰從前只是糖廠員工及眷屬作給自家人吃的，沒想到乾淨衛生又不添加色素的口碑迅速傳開，直至今日即使各地糖廠相繼關閉，但仍讓全台冰客懷舊癡迷。

簡單的冰棒其實提供了一種複雜的快感。最初是視覺：五彩繽紛的表面有著一層透明的薄霜、凍氣如一縷輕煙升起；然後是鼻子覺察了悠悠香氣，以及唇、舌、齒、喉所經歷溫度迅速變化之敏感觸覺；最後則是複雜的味覺，辨識品嚐出冰棒的內裡構成。別以為冰棒只是個轉瞬消融之物，它有其歷久堅實的厲害。

這正是為什麼，許多創作者在靈感遲到時都要來根香煙，我卻始終偏好，來根冰棒吧！

物裡學

裝扮之物

「時尚，把個人引導至大家都在行進的道路。它提供了一種將個人行為變成模板的普遍化規則，但同時又滿足了對變異與個性的要求。時尚是階級分野和統合慾望共構的產物。」

——齊美爾（Georg Simmel, 1905）

牛仔褲 jeans

週末時刻，全世界有無數的人，下床梳洗後，將自己雙腿塞入牛仔褲，或居家或出門。城市街道上，男女老少、胖瘦高矮、各色人等，牛仔褲是不約而同、隨處可見的制服。

即便南半球的鄉村無產階級，也可能和北半球的都會布爾喬亞，同時感受某種相近的衣著體驗。

一系列華美的修辭，被時尚工業與大眾媒體用以頌揚牛仔褲——「自由無拘」、「簡單率直」、「獨立反叛」、「性感緊實」……甚至有學術論文形容它是民主普及、平等擁有的意義載體，畢竟每個人的衣櫃裡，至少都有一條牛仔褲。

於是人們說：這又是個美國神話全球化的象徵物，正如同可口可樂、麥當勞或 NIKE。不過我倒覺得，差別在於：我們不會一手拿著可樂、一手發送麥當勞「破壞第三世界農產結構」的傳單；但我們卻很有可能，穿上牛仔褲，高舉雙手抗議 NIKE 剝削血汗勞工。

牛仔褲若有什麼了不起的，大概就是它擁有某種難以駕馭、持續自我定義的矛盾性。

第一個弔詭，是它的身世。「藍色牛仔褲」（blue jeans）這名詞大約1920年代才開始通用，但早在十九世紀中期，用單寧布製成、在袋口縫線處以粗銅撞釘加強固定的撞釘褲（riveted pants），已於舊金山礦工圈子逐漸流行開來。

原本是勞動者自身，為了牢靠地將礦石放入褲袋，所反覆實驗的裁縫策略，但正如當時各種「發明」宣稱，可能都是對集體創作的專利獨佔。Levi Strauss——這位和人類學大師李維史陀同名的資本家，不久即昭告世人：這是他「首創」（而非採用）的點子。從此，Levis 公司不僅生產牛仔褲、也生產自身的神話歷史。

班雅明曾說：處在徬徨的現代化關卡，人們欠缺處理正在發生事物的能力，於是他們透過尋找一件新的服裝來面對。二十世紀初的美國，新興電影工

業、社會改革計畫與牛仔褲廣告，三者巧妙結合，打造出一種「新平民」階級的大眾認同。牛仔褲既依賴左派意象，卻又是流行商品。

牛仔褲逐漸打破既定的衣著邏輯，既是裝扮但又邊邊。它開始以一種「自由美國」、甚至是「革命的」姿態展演保守。

牛仔褲屬於普羅階級、卻訴諸個體叛逆，而非群體反抗。在螢幕上穿著它的平民英雄，是靠一己的打拼（或僅只是裝扮）確立了個人認同；而不是與他同樣身穿牛仔褲的勞苦者，作夥打造屬於自身的集體認同。

幸好，1960 年代把牛仔褲連同人們的身體和心靈，都一併解放。破爛、拼貼、改造，嬉皮（hippie）們用自己方式奪回並再製它。而同時，好萊塢則繼續發揚它的性感，並大量輸出。

法國作家尚・惹內（Jean Genet）就說：臀部和大腿緊裹著牛仔褲的年輕人，既色情又純潔，線條的美和夜的黑暗如此協調；其實他們全身宛如裸體。

如今，牛仔褲繼續自體矛盾、增生。在空間面向上，巴黎舞台的走秀名模、倫敦廣場的抗議人士、紐約華爾街的小開、東京秋葉原的駭客，都穿著它，各取所需，各盡所能。至於在時間面向，因為牛仔褲的百年歷史就是迷思的建構元素，即使不能穿的二手破褲，也擁有驚人的市場價值。

牛仔褲遠看差別不大，所以細節的區辨、甚至加工改造，反倒成了個體詮釋和私密佔有的關注（儘管時尚論述還是提供了架構）。而所謂的「美國化」，也可能是這麼一回事吧——它自以為是的壟斷神話，其實正持續被轉化、解構，就像一條洗白、破洞、或支解重組的、屬於自己的牛仔褲。

T恤 T-shirt

當冷鋒不只過境，而是滯留下來，我終於心不甘情不願地，讓混雜的衣櫥徹底換季——毛料高領浮上檯面，棉質 T 恤退居幕後。我把床面清空，盤坐著面對厚厚的十幾疊 T恤；像個熟練的地攤老闆，我逐一展開、整平、再重新折好它們。

每到歲末，整理 T 恤如一個私密的過渡儀式，好像不這麼做，就沒有過年感覺似的。旁人大概很難理解，為什麼不整疊直接移至下層抽屜就好，而要如此大費周章。更何況，T 恤大概是最不用費心保養的衣物吧。但我就是想讓它們一件件地，列隊般通過我的凝視和觸摸，甚至嗅覺（洗淨的淡香猶在啊）。

總覺得，小約翰史特勞斯的圓舞曲，特別適合折疊 T 恤的反覆動作：左右袖口往後內折、下擺翻背與領疊齊、最後拉好領口整平前胸。隨著連三拍的從容迴旋，我的手和每件帶著獨特態度的 T 恤，一同輕快揮動。我知道這有點做作（自以為在拍廣告嗎），但總是能因此感到一種簡單而確實的舒暢。

我相信每個熱愛 T 恤的人，都有很多故事可以分享。畢竟 T 恤不僅被我們穿著，它也穿過了我們生活。小學時，是媽媽買的或兄姊留的。中學時，制服裡自己挑選的 T 恤蠢蠢欲動。上大學沒了限制，任意行走的 T 恤，展現著自我或群體的認同。然而，就在許多人進入職場後，T 恤卻無奈地過了賞味期限。

我和我的 T 恤也有著類似的生命軌跡——先是緊緊抓住彼此，接著逐漸走向分離；然而，在我邁入三十之後，我和 T 恤竟又再續前緣，且似乎永遠密不可分了。

如果說，穿著印有特定圖文的 T 恤是一種認同表態，十七歲的我，就選擇了兩件經典搖滾 T 恤（分別是 Velvet Underground 和 Joy Division 的唱片封套圖案），展開自以為是的「轉大人」宣告。

沒想到，當時擔憂我如此叛逆的父親，十多年後某天，竟拿出壓箱的剪報：在 1991 年五月十六日《自立晚報》頭版，大二的我穿著安迪·沃荷為

THANK GOAT
THERE IS ROCK N ROLL

EXHIBITION
Let's go
to space,
brother!
Chaya Koyama

SONIC

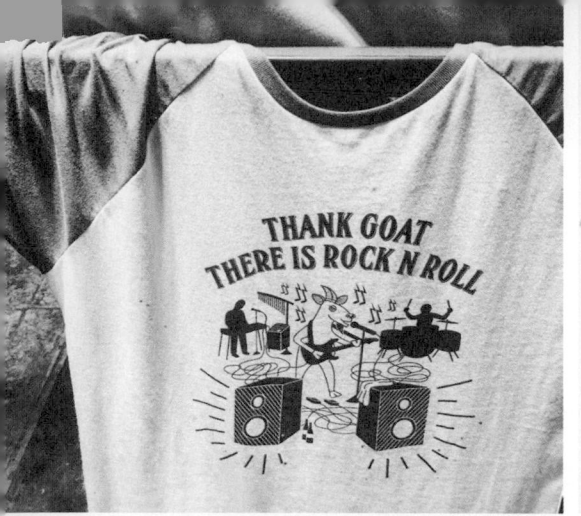

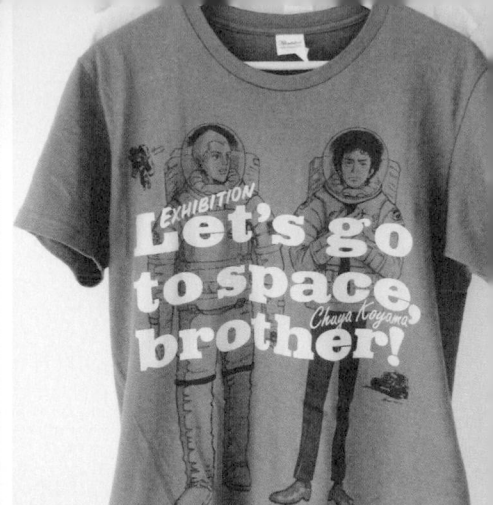

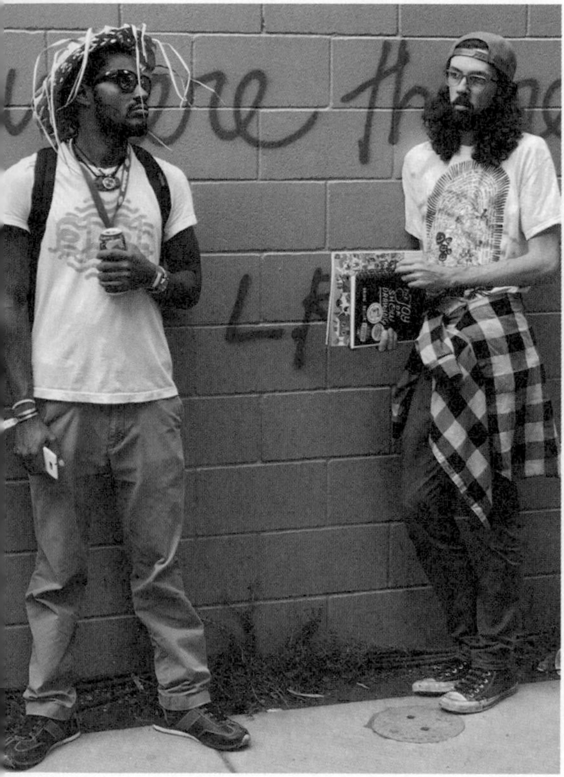

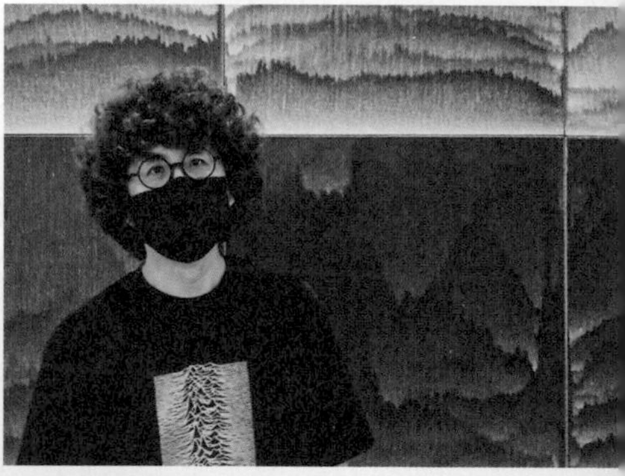

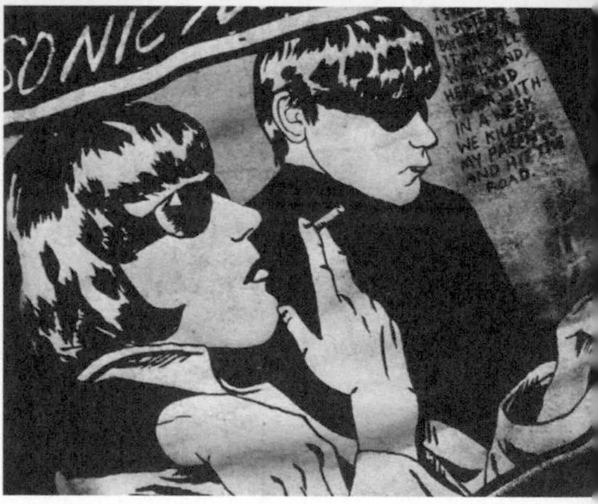

物裡學

Velvet Underground 畫的鮮黃大香蕉，和他校同學一起在行政院前與鎮暴警察對峙。我有點後悔，沒有留下這件香蕉 T 恤，時時提醒自己，勿忘當年天眞熱情的初衷。

不僅搖滾 T 恤，那些曾經隨著青春身體，在街頭衝撞的「社運 T 恤」，也都早已進了資源回收車。比如聲援基隆客運罷工時，穿的是「工人鬥陣，車拼相挺」、「龜卵炮火」；而平常上學則是胸前只有兩個大字的「反核」T 恤。那時總覺得，參與運動不是觀光旅遊，這些 T 恤也非紀念品，穿破了就丟吧，何需刻意保留。

1990 年代後期的台灣，印有「阿扁娃娃」（陳水扁競選公仔設計）的 T 恤曾如此時尚，呼喚著眾所期待的「快樂、希望」，如今若還保留的朋友是否感到些許唏噓？研究所畢業後的我，開始努力成爲一個襯衫筆挺的上班族。T 恤上的激進口號或浪漫標語，逐漸成了青春後期無力再續的夢，嘲諷著我不知如何前行的怯懦。

直到後來，志忑展開了留學旅程，重回校園的日常身體，才又再次換上了便宜、方便、又能展現想法的 T 恤。我開始愛上儉樸的自助旅行，省吃住不血拼；少量生產的在地 T 恤，是唯一的例外購買。對我來說，不同

脈絡底下的 T 恤，就是一張張穿在身上的明信片。有時它提點著異鄉趣味，有時則記憶著故鄉氣味。

如今，我重新穿上各式各樣的 T 恤──搖滾系、社運系、文藝系、療癒系、KUSO 系、DIY 系、古著系、森林系……乃至於全白或全黑系。雖然「黃色大香蕉」的青春衝動不再，但就像大衛・林區執導的《我心狂野》（*Wild at Heart*）最後一幕，尼可拉斯・凱吉（Nicolas Cage）講的那句經典台詞：「我愛這蛇皮外套，因為它就是我的自由狂野」。T恤於我，亦將永遠如是。

物裡學

鈕釦 button

終於可以跟賴在台北盆地的霪雨春寒說再見，晴朗週末把櫃裡的冬衣全都送洗。整理時發現：一件復古軍裝樣式襯衫，右肩上的黑色木質飾釦有些鬆動。我撥弄它幾下，猶豫了片刻──既然還不至於立即脫落，手邊也沒針線盒，那就不管它吧。

隔週取回衣服，赫然發現那顆鈕釦已消失無蹤，懊悔極了。急忙跑去問店員，他雙手一攤莫可奈何，還透露出「有這麼嚴重嗎」的質疑表情。當然，我沒有任何怪罪，只是稍感慌張。因爲這件襯衫唯一的備份鈕釦，已經被我用掉了。

我一邊懶散折起衣服，享受著膨鬆的觸感和乾淨的氣味，一邊說服自己「只是無關緊要的裝飾性鈕釦，小事一樁別太煩躁」。

然而，不知怎地我突然聯想起，曾經讀過的一段有趣歷史，關於鈕釦的神祕消失、與一整個軍團的瓦解。

1812 年初夏，拿破崙率六十萬大師東征蘇俄。這批歐洲史上最強的部隊，其軍服亦是豪華炫耀至極。卽便是理應保持樸實低調的步兵，也都穿上白色翻領的青色外套配上白色長褲，頭上還戴著誇張飾穗的圓盤帽。但萬萬沒想到，入秋之後北國溫度驟降，用來固定這些奢華軍服乃至皮靴的錫製鈕釦，逐漸黯淡無光，甚至裂解成錫粉飄散風中。

原本在豔陽下閃耀光澤、讓軍服英挺逼人的錫鈕釦，竟於凜冽的雪地上化爲灰燼；這也使得理應驍勇善戰的精兵，個個都變成畏首畏尾、不得不在寒風中拉緊衣褲的敗兵。據說這故事後來被改寫進童謠，讓小朋友唱著「都是鈕釦惹的禍啦啦啦」。這回，一切的連鎖效並非肇因蝴蝶的振翅，而只是，一顆鈕釦的裂解。

如果說十九世紀初的拿破崙，因爲鈕釦問題而摔了一大跤，那麼十七世紀末的路易十四，則利用鈕釦設計而進了一大步。據說他的王袍和高跟靴子，鑲了一萬三千多枚金銀鈕釦，且每一顆的鈕面圖案皆不相同。如此誇飾，無非就是要塑造他如阿波羅日神般的公眾形象。

歷史的諷刺在於——花俏而無用的金鈕釦，成就了王權神話；實在而有用的錫鈕釦，卻毀滅了帝國之夢。

其實，鈕釦和人類文明史裡多數物件「先講究功效，再求其美觀」不同，它反倒基因裝飾性的美感需求而誕生，且是由貴族男人率先將之綴釘於衣表。如此美麗卻單調存在的「鈕」，直到百年之後才與另一邊衣上的洞眼相遇相合，而成其「釦」。

自此，鈕釦這小東西，既是日常穿著的構成要素、也成了工藝設計的凝縮對象；甚至，「千方百計想解開它」，還成了性感慾念、無邊幻想的對象符號。

我把那件缺了一顆釦子的襯衫掛進衣櫥，右肩上仿軍服肩章的小小洞眼，因為失去了它的聯結對象，空蕩孤獨地晃著，與左邊緊扣服貼的肩章形成強烈對比。雖說原來這鈕釦並非金銀銅錫，當然也沒任何神奇效應和歷史意義；但少了這麼一個微小物件的衣裳，終究像幅缺了點睛開眼的人物畫。

或許藉此機會，來去大稻埕永樂市場逛逛吧。身為主人的我，得趕緊為那失落的小洞眼，找個新伙伴。

物裡學

夾腳拖鞋 flip-flops

很少聽見有誰宣稱喜歡夏天，畢竟男生怕汗臭，女生怕曬黑，況且暑熱總是讓人暈眩。不過我倒是很愛此一個性強烈的季節，總覺得，正因為熱得不得了的狀態如影隨形，所有關於清涼和逃逸的美好意象，才有了相對應的鮮明存在感。在這幾個月裡，煩躁與慵懶比鄰而居，我們與之共生。

假如夏天不夠夏天的話，風鈴、刨冰、團扇、陽傘⋯⋯等季節限定事物，就會失去味道。連帶的，某些清晰記憶也可能褪色。比如說，連結著老家的磨石子地板、竹蓆躺椅、大同電扇⋯⋯或者，永遠指涉著青春（總在逝去與眷戀中徘徊）的衝浪系「南方之星」樂團、經典日劇《海灘男孩》、以及安達充的漫畫。

於是，在每一年夏蟬開嗓前，我總是迫不及待要找出夾腳拖鞋，好好刷洗一番。當它們晾在陽台——巴西生產的綠色橡膠拖、泰國手工的藤編草蓆拖、德國老牌的牛皮軟木拖、台灣自製的黑白海灘拖⋯⋯等一字排開，就彷彿迎接盛夏的列隊準備。對我來說，夾腳拖鞋精準地隱喻了整個暑休假期，也召喚了所有出走念頭。

確實，溢散著自由感的夾腳拖鞋，總是體現一種不斷「逸出」的精神。在其誕生與演化過程中，也充滿跨文化混融的越界趣味。

夾腳拖的最前身，其實是傳統日本女性所穿的草履（zori）。相對於搭配夏日輕便浴衣（yukata）的木屐（geta），草履所對應卻是厚重的正式和服。原來，繫著人字型鞋帶的庶民拖鞋，竟有個不折不扣的貴族血統。

戰後，美國人將輕便的草履帶回自家，改用塑膠或橡膠再製，並開始大量廉價生產。重新命名成「flip-flops」（取其行走發出的啪搭啪搭諧音）。

人字夾腳拖正式脫離了草履的血緣，不再專屬於貴婦足下，而變成了歐美海灘衝浪客、都會波西米亞族、乃至中南美各地勞動階層的日常最愛。

新的夾腳拖便宜又耐用，對戰敗而缺乏物資的日本社會來說，倒成了一個應景的「新發明」。然而因為過去足踏木屐的方式，已深植在體內記憶，日本人穿夾腳拖的方式，其實和美國人不太相同——精確來說，日本人並不「夾腳」，而是托著腳跟以小腿肌肉施力；相對地，美國人則深怕拖鞋飛走似地，用腳趾夾緊「人」字。

這類微妙的差異，甚至被日本警察拿來區辨戰後滯留當地的韓裔日籍移民。據說他們認為，「純正」的日本人，腳拇指和食指的間距因長期穿人字拖而較大。看來卽便拖鞋都已平等解放了，彼時日本社會還被階層觀念緊緊束縛。

當然，夾腳拖鞋如今已徹底全球化。近來甚至有從庶民生活世界，回流攻佔時尚殿堂的趨勢。跨越國界和階級，人人都能擁有這麼一雙讓腳趾得以輕鬆開展的著物，並深受其清涼舒爽的意象挑逗。不只在使用價值上，可消除溽暑炙熱；在象徵層次上，我們穿著夾腳拖晃呀晃的，不言而喻地抵禦密不通風的社會馴化。

候鳥在寒冬長途南飛，而人們則傾向哪兒都不去、留在家中取暖。相對地，烈暑時動物懶於離開巢穴，我們反倒有著強烈出走的旅行慾望。夏天之於人類，總是旣閃躲卻誘惑。

在暑假將盡、蟬聲卻不減的此刻，我啪搭啪搭地穿人字拖散步，希望夏天也如是晃著長尾巴，別走得這麼快。

和服 kimono

整理多年前某次在東京的照片，發現有個場景讓我一連拍了十幾張——其實不過就是行人三兩成群，走過一排明亮櫥窗的畫面罷了。之所以讓我如此凝視，或許是因為櫥窗裡排站著身穿和服的男女人偶，既傳統典雅卻又時尚瀟灑；同時也更因為，這個場景的所在地，是全球前衛次文化風潮的發散中心涉谷街頭。

可曾仔細端詳過一件剪裁單純、卻內蘊豐富的和服？我總覺得，和服不只為了遮蔽或彰顯身體，更是連結個人與自然的介面。它是身體的向外延伸，也讓自然融入了人體。

當女性穿著和服緩步行走，其上的花鳥圖繪便隨之搖曳生姿。脫下攤掛架上，則仿若一片有風景的「襖」（室內隔扇）。由此，和服經常象徵又同時再現著，關於季節流變也有著情色遐想。

其實，和服不過就是一塊（低度剪裁的）布。俐落的矩形彷彿宣示著：原來，極簡主義的服裝概念，早就在古代日本實踐。和服的線條全為直線，

並無玲瓏有緻的曲折。如此剪裁，註定了它的沈穩。至於包裹在內、浮動的女體起伏，則藉由微調繫於腰部的寬大衣帶得以呈顯、或者修飾。也因此，就機能而言，卽便是同樣大小的和服，實際上卻能適應胖瘦不一的人。

據此「彈性」，和服成了跨世代女性間的特殊禮物（和一般以父系爲軸線的傳家寶不同）。在小津安二郎的電影《東京物語》中，長女於母親喪禮結束後，特別提出希望能帶回和服的私心願望。畢竟，那不只是一件僅供紀念的前人遺物，更是不經修改卽可穿著上身的繼承象徵。

有趣的是，和服雖名之爲「和」，但血統卻不純然日本。其基本樣式來自中國唐朝（其實韓服起源亦是）。而腰帶的華麗化，則溯及十六世紀北九州技師模仿西方教士，在寬幅腰帶上以工筆彩繪。

如同其他領域，日本吸取他人文化、進而鎔鑄己身文化的功力，向來高超；腰帶設計雖師法外人，但繫法卻能自創 278 種，且建立了一套「繫帶卽繫心」的精緻美學論述。

如今，和服的影響力不但沒有消失，還透過像三宅一生這樣的時尚巨匠，飄洋過海、經由巴黎而轉進世界舞台。無論是「一塊布哲學」，或者對「身體／衣著／自然三位一體」的強調，三宅一生的服飾裡，經常映著和服之影。而日式庭園中的石頭、青竹、細砂，乃至空中飄的風與雲，則持續供給設計師無窮靈感。

從十九世紀中葉的藝文圈，到二十世紀後期的時尚圈，巴黎一直是跨文化的和服系譜得以發揚之重要據點。一百多年前，不僅印象派宗師莫內（Claude Monet）曾讓自己太太穿上和服、手執摺扇入畫（見於 1875 年的名作《艾利奧夫人》），就連拿破崙三世之妻歐仁妮皇后，都成為愛穿和服的元祖級哈日粉絲。

我曾在某次國際派對中，見過一對相當用心打扮的日本學者：女的著粉綠色西陣織和服，男的穿三宅一生墨綠色上衣。他們的自信穿搭，體現了一種古典與現代巧妙對位的美學，令我至今難忘。巧的是前年在涉谷街頭拍下的那幾張照片，展示著和服的櫥窗，交融於時髦的人潮，遂成了這段記憶延伸的影像註腳。

物裡學

口紅 lipstick

「他的上唇並不像山脈狀的誇大隆起，反而有著柔和的弧形線條。這樣的唇形很容易上色，效果也相當完美。我們的確找到了絕佳代言人。」這是日本佳麗寶（Kanebo）公司的造型師，在 1996 年春之記者會上，對偶像男星木村拓哉（當時 24 歲）的讚美。隨後，到處都張貼起搽著艷麗口紅的木村海報，並迅速被民衆偸撕帶回家。

不到兩個月，「木村口紅」創下紀錄，狂銷三百萬支。當時我剛好第一次去東京旅行，看到性別角色向來刻板分明的日本社會，爲此話題不斷，進而嘗試重新定義妝容美學，感覺十分有趣。

綜藝節目甚至剪接了木村拓哉在不同情境中的噘嘴特寫，煞有其事地證明這種陰陽合體的唇形，有多麼性感。

話說回來，即使口紅抹在木村的唇上確實誘人，「木村口紅」的廣大愛用者中，男性還是爲數甚少。就算注重髮型裝扮的型男滿街都是，但在日本，口紅的消費終究性別分明。於此相對，地球另一端的英倫，打從 1970 年

代開始，在大衛・鮑伊華麗搖滾與後進龐克風潮的引領下，口紅已是叛逆青年的裝備之一。

男人使用口紅，其實並非當代的新鮮事。早在古埃及，時髦的男性貴族就會上眼影和塗唇膏。藍黑色、橘色和紫紅色是他們的最愛。羅馬時代，有些男人則藉由自身口紅的顏色差異，來區辨其所象徵的社會地位。到了十八世紀前後的巴洛克時期，更是男用口紅的黃金年代，社會上每個體面的仕紳都抹著唇膏。

有歷史學家甚至發現，從喬治・華盛頓（George Washington）的日誌看來，他愛用 Caswell-Massey 品牌的香水，並經常搽口紅。如此注重妝容，不愧為「美」國國父。

其實，不僅王孫貴族熱衷於凸顯唇色，有些追求美型的騷人墨客，沒錢可買胭脂，就把檸檬放口袋裡，三不五時、四下無人就拿出來吸一下，藉此刺激嘴唇保持其鮮紅色澤。

無論如何，男性搽口紅的比例總是很低。更精確地說，多數男人永遠不曾好好理解口紅，及其使用者。許多男人宣稱不愛口紅，尤其是隱喻著情慾的豔色；但如果他們面對一位完全不塗口紅的小姐，可能又要暗批她的不修邊幅。相對地，若這位小姐偶爾抹了口紅，他們就會說：「今天看起來比平常美」。

男人對女性使用口紅又愛又怕的沙文心態，早在 1770 年英國國會頒佈的《反巫術法》就可見一斑。此法明訂：所有女人若以香氣、胭脂（包含唇膏）等誘騙男人結婚，將處以重刑。至今也仍有人類學家或心理學家宣稱：女人的嘴唇對應其陰唇，故使之看來肥厚滋潤的口紅於是帶有強烈性暗示——這是何等男性中心主義的偽科學詮釋唉！

如果我們知道——在 1912 年紐約爭取女性參政權示威中，所有婦女運動者都塗上口紅作爲解放的標記；在二次大戰期間，口紅如何幫助廣大的後勤女工隱藏焦慮和抹去悲傷，成爲獨立和勇氣的象徵；而在一整個世紀的女性生活圈中，無論是在家庭或職場，討論、炫耀乃至傳承口紅經驗，都是女人建立親密情誼的一種方式——那麼，身爲男性就不會再如此自以爲是、粗暴地定義口紅。

1933 年的《VOGUE》雜誌總編輯曾說：「如果我們要爲後代列出二十世紀值得記錄的『姿勢』，搽口紅將是名單上的第一名。」我猜想，當年嘗試過細心塗抹朱唇、並藉此賺進大把鈔票的木村拓哉，應該會同意吧。

居所之物

「家屋是我們在世間的小角落，誠如常有的說法，家屋是個體最初的宇宙，一個真實的宇宙。如果我們親密地看待自己的家屋，即使最破落簡陋的落腳處也有美妙之處。」

——加斯東·巴謝拉（Gaston Bachelard, 1957）

燈泡 bulb

深夜返家，打開門時，我並不會按個開關「啪」一聲地，就把懸掛於天花板
的大燈點亮。總覺得，光若以過快的速度和過亮的明度，瞬間就溢滿整個
空間，對才剛由外轉內、穿梭過渡中的身體而言，其實有種難以解釋的推
迫不適感。

踏進室內我喜歡先只開玄關的小燈，這樣就足夠了。泛著米黃色的幽微光
線，像老派電影的「淡入」技法（fade-in），不疾不徐地通過自身、滲入
屋裡。我一邊卸放衣物，一邊才漸次點亮立燈、桌上的檯燈、甚或櫃裡和
書本依傍著的飾燈。

這樣的時刻，就像達達主義（Dadaism）代表人物之一查拉（Tristan
Tzara）的詩句：「一種緩慢的謙遜穿越了房間，進入在寧靜的掌心裡的我」。

沒有日光燈管過於喧囂的明亮（略為粗暴地通透一切），房裡的靜謐被一
個接一個開啟的燈泡，幽微地組聚、定位。剛從外面世界回返此處的我，
其實不急著看清楚，因為這裡本就屬於曖暗的私密。

不大而簡樸的日常空間，因著燈泡亮度、發光位置，以及我點明它們的順序，就會產生層次化的明暗差異。記得十多年前，看過越南導演陳英雄（Tran Anh Hùng）的電影《青木瓜滋味》，至今仍讓我印象深刻的，竟是那反覆出現在西貢人家裡、隨處點起或關掉小燈的瑣碎動作，及其切換出的光影情緒。

其實，小時候家裡根本不是這樣的照明感覺。

父親是相當務實（而經常被母親抱怨缺乏情調）的人，他總是固執地說：「又不是西餐廳，幹嘛搞得暗暗的」。因為覺得使用燈泡的「美術燈」（當時老一輩似乎都這麼稱呼），過於昏黃，所以在天棚安裝照明均勻且視線較好的日光燈，就成了唯一選擇。

正因此，堅信白光燈管比黃光燈泡好的父親，幾年前去英國探訪我時，就顯得不太習慣。根據日本建築大師蘆原義信的解釋，冬季漫長且日照時間較短的歐洲北國，既無法期待自然的透射光，也鮮少採用模擬白晝、吸於

棚頂的螢光管。絕大多數家庭，都是透過燈泡座的反射光照，營造較爲封閉而溫暖的氛圍。

或許，相對於日光燈如此顯而易見地要「破除」黑暗；燈泡的柔和光照，反倒像是一種要「融入」於寒夜的溫柔謙遜。我逐漸發現自己之所以喜歡燈泡，與其說是它給予照「明」，不如說它同時也照「暗」。當我點亮一盞燈，誘惑我進入的其實是一旁的夜。幽暗之影不是外放之光的對立，而是它內在構成的一部份。

波特萊爾在題爲《凌晨一點》的文章，曾寫道：「終於，可以使自己沈浸在這昏暗之中」。彼時他坐在桌前，明明就著亮光寫作，但卻說沈浸在昏暗，看來孤燈並未照亮、而只是投射他孑然的陰鬱。波特萊爾的年代電燈尚未發明，但如果他生於此刻，容我戲謔地猜想，他應該也是習於昏黃燈泡而害怕日光燈照吧。

「學著從濃淡的陰影中發現美，進而創造陰影成爲美學上的享受」——相對於波特萊爾對幽暗的愛恨交織，日本文豪谷崎潤一郎在《陰翳禮讚》中，毫不保留的讚頌暗之美學。比如他說傳統的黝黑漆器，絢爛的蒔繪細節曖曖內含光，非得在明滅如夜之脈搏般的反射照明，才能賞玩品味。

筆行至此，天色竟已漸白，原本淡入於暗夜的桌前一盞燈泡，此刻在窗邊晨光的稀釋下，反倒自然淡出了。感謝它的照明陪伴與「照暗」啟發（「燈泡亮起」不正是一種靈感乍現的典型象徵）。現在，我必須讓它跟自己一同，關掉休息。

light that creates a space

榻榻米 tatami

很多訪客來到我團隊的工作室，第一眼都會被書牆下的一排榻榻米所吸引，畢竟這不是一般會出現在辦公場域的物件。

我無法說清楚，那乾燥藺草的奇妙味道，如何永久儲存著，關於曾在日本的旅居記憶。無論是來自夏日正午、東京谷中的下町民宅，或者是霪雨深夜、會津古鎮的老派旅館，榻榻米散發的草香始終一致且獨特。

這除了是人在日本最鮮明的嗅覺印象之一（比起來美味的壽司甚至都還缺乏氣息），或許還能回溯、呼應著更久遠的電視卡通記憶。兒時看《小天使》（另譯《阿爾卑斯的少女》），總是莫名羨慕裡頭住在高山小屋的孩子，可以把頭埋進曬乾的稻草堆，香甜入睡。我總以為，黃澄澄的乾草氣味，大概和榻榻米近似吧。

當然，喜歡榻榻米不只嗅覺，也因它似硬猶軟、冬暖夏涼的肌膚觸覺，以及視覺上的俐落沈穩。榻榻米是取日語發音（たたみ）的譯字，在日文書寫裡則以「疊」來表示。這象形字清晰統合了它的意象：一組由四方、工整

的物件，所構成一個合宜的秩序體系。

模矩化（modularity），是理解日本美學的關鍵概念之一，而榻榻米恰為典範物件。從格線構成矩形，再透過精準度量，如組合拼圖般進行空間建構。簡潔有效率的榻榻米，讓狹小侷促的家屋，有了靜定的大器感。

榻榻米既體現了美、也顧及了「用」。傳統和室沒有固定的桌椅、床架，乍看空無一物，只有水平的榻榻米和垂直的壁櫥，但卻因此蘊含多重的空間定義。白天是起居室、下午是書房、晚上是臥房，有人來則變成客房。居住者之所以能任意切換，乃以壁櫥之收納與榻榻米的兼容為前提。

許多西方人住宿和室會有不安全感，因為構成此一空間的物件，似乎都不夠「厚實」──紙門、隔扇、竹簾和榻榻米，完全無法比擬磚木門、水泥牆等堅硬建材。日本傳統的空間區隔，與其說是物理性的阻絕，不如說是心理性、美學性的辨別。即使如今多數東京人都住西式樓房，但仍習慣以幾疊榻榻米為計量單位。

藉由榻榻米，個人、伴侶乃至家族及外人的可用領域被微妙界定。半塊榻榻米是一張矮桌的空間，也是一個人能靜坐面對自我的基本單位；四塊半則剛好容納四人，構成了核心家庭的氛圍。種種排列組合，在小津安二郎把攝影機矮架於榻榻米上、靜觀庶民日常流變的電影，已說得透徹淋漓。

由此，榻榻米常反映或微調著人際親疏，並成爲各類衝突與和解的聚焦舞台。我常回想起大學時，曾在公館茶坊「人性空間」昏暗的榻榻米包廂裡，粗糙排練街頭行動劇；或者於傳奇台菜餐廳「阿才的店」，二樓窗邊榻榻米上，在酒氣瀰漫中，想像推翻政府如何可能。當然，那時我幾乎無感於榻榻米存在的鮮明性。

後來在清大唸研究所，有一次騎車路過新竹東門街上的某家疊蓆老店。晴朗的蹺課午後，窄小騎樓裡立著師傅剛紮縫好的榻榻米。所有的細節——灰藍布邊、青黃蓆面、紮實質感、清爽氣味……全都在斜曬的秋陽中，暖暖發光，單調幸福。

從此我一直期待，自己能有個瞬間就能感覺鬆弛的榻榻米空間。或許這正是，如今每天來到工作室，再忙我也不至太過厭倦的祕方。

物裡學

浴缸 bathtub

在劍橋留學的某個冬夜，我作了一個夢，夢見我「剛起床」，醒在一個燦爛陽光從窗外傾洩進來的房間，除了白花花的亮感沒有任何影像，整個世界只有三種聲音：小綿羊機車呼嘯穿巷、小發財貨車反覆播放「豬血糕」、以及媽媽追趕小孩的呼喚。待真正醒來，對照著窗外真真切切的寒風凍雨，這細瑣的日常聲音，瞬間暈開成龐大的鄉愁。

回台後某晚在研究室熬夜寫字、中途累癱在沙發上小睡片刻，我竟又作了一個「醒來」的夢，這次醒於一個浴缸裡。我裸身睡在溫度恰好的熱水中，小小澡間瀰漫著甘菊精油的氣味。天花板邊有扇米白小木窗，藍紫色的破曉天光，溫柔地透進來，雀鳥們忽遠忽近練著嗓。微熱的雙頰、逐漸皺起的指尖皮膚，我清楚意識到自己還活著，外頭是清晨下著凍雨的康河畔。

如果我博士論文的謝辭有遺漏了誰，其中大概會補上浴缸吧。感謝（也思念）當時宿舍裡那座洋人尺寸的白瓷大浴缸，它總是盛以熱水，呼應我體內所流的亞熱帶血液，緩和我無藥可醫的思鄉。

物裡學

泡澡是每日的救贖，我這麼說一點都不誇張。十幾年來的人生，有許多重大的決定，都在浴缸裡產生：像是論文的題目、難解的心結、關係的改變，以及太多是該繼續加油、或放手而棄的選擇。

後來接連讀了幾本江國香織的小說，才發現她筆下的女主角，竟像我一般個個都愛把時間泡在浴缸。最有名大概是《冷靜與熱情之間》裡的葵吧，印象中她除了例行工作和家務，每天最核心的活動，就是在夕陽時分邊泡澡邊看書。

事實上，江國本人也曾形容自己像隻兩棲動物，經常就在浴缸裡熟睡入夢。而她的小說標題和結局、乃至決定結婚或離婚，竟都在小小澡間裡斷下決心。

不過，在浴缸裡睡著這事，其實有點令人擔心害怕吧。畢竟那或多或少會勾起某些可怕的聯想，比如休克、中風，甚或割腕自殺。這樣的畫面，無論曾真實發生於我們的人生周遭，在肥皂劇與新聞片段裡早已反覆展演。也因此，浴缸經常被視為帶來舒適、卻也潛藏危險的家具。

就此而言，浴缸仿若擁有一種催眠的意象，要把人深深地吸進去，轉往一

個無以名狀的彼方。對身心俱疲的人來說，只是淋浴的豪快乾脆，坦白說沒有太多吸引力。只有泡澡，宛如幽暗夢境的媒介，魅惑著人，安靜地往下沈。我猜想，任何一個偶有陰鬱的朋友，都曾有過類似感受吧？

的確，泡澡不等同於洗澡。洗澡只是功能性的身體洗淨行為，相對的，泡澡對身心體驗而言，更為多義。說它是一種過渡性的日常小儀式也不為過。於是，浴缸就不僅讓人陷入，也可能同時抬起了無力的人們。

浴缸先是放空了你，然後又悄悄填滿你。如果，浴缸曾被厭世者想像成一個安靜了結生命的空間，我相信那是因為它同時也被潛意識理解成：一個象徵可以孕育轉世的空間。

曾有一次我沮喪至極，不知所措地就躺進浴缸。蒸汽使我的腦袋一片空白，眼淚抑制不住地沿著臉龐滑進熱水，成為它的一部份。透氣窗外風雨交加，我蜷起身子，突然想念在老家企盼兒子一切安好的媽媽。卵型的白磁浴缸竟如母體子宮，我在溫柔的羊水裡啜泣卻也呼吸，然後重生。

垃圾桶 trash bin

最近覺得，我的寫作過程其實製造了大量垃圾。

具體一點的，像是我剛剛邊發想邊吃零食，桌底下的垃圾桶就塞滿了小紙袋。而抽象點的「垃圾」，則比如被我生產隨即遭自己拋棄刪除的無用詞句，甚或在刊登出來後，總有酸民會不以爲然地訕笑：「這眞是篇垃圾文章」吧。

我這麼說，其實不是對於創作這件事，抱持著悲觀的犬儒主義；而是對於垃圾這東西，有著一種相對主義的體悟。

比如，我剛剛丟棄的那個餅乾盒包裝，其本質與吃毫無關連。但是那紙質的觸感、圖案的設計、品牌的命名等等，卻讓我們連結了吃的慾望。在餅乾工廠生產餅乾的同時，設計師和印刷廠則協力打造它華麗的象徵外衣。然而諷刺的，當我們被符碼召喚、決定享用餅乾，在撕開包裝的那一秒鐘，意義卽死亡，垃圾誕生了。

法國社會學家尙・布希亞（Jean Baudrillard）說：「要成爲消費的對象，

物品必須成爲符號」。換言之，物品若不再成爲消費對象（亦卽不再爲人所用、所留、所愛、所藏），符號就必須從中解離出來。垃圾，是被抽乾了象徵意義的殘物。

生活在現代世界，每分每秒，都有無數事物被丟進角落的垃圾桶；它們之中，有些甚至形體健在，但意義卻已消失無影。正如馬克思（Karl Marx）在《共產黨宣言》裡所描述：「一切堅固的事物，轉瞬消融於無形」。

物如果有其生命旅程，無論它是自然老舊、壞死，或遭人爲排除、損毀、丟棄，朝向最後不可知終點的轉運中繼站，就是垃圾桶。卽便連垃圾桶本身，有一天也會被丟進更大的垃圾桶裡，移走。這大概是任何人都無可抵擋的宿命。

或大或小的垃圾桶，提供了現世的百貨雜物們，一個通往彼岸的過渡空間。那裡頭經常是不堪的擁擠——所有失去光澤、美味、質感、功能、甚至只是磨損了情感或記憶的事物，全都扭曲、擠壓、或黏稠成一團。「垃

圾」，這個毫無個性的集合詞，成了眾多無名者的共同新名字。

相對於這世上所有的容器，都是爲了裝入東西，以求好好「擁有」這些內容物，比如盛裝在鍋碗杯盤的飲食、或收藏於箱櫥櫃盒的衣物；垃圾桶，卻可能是唯一的例外。人們把事物丟入裡頭，是因爲不想再擁有。

這麼說來，垃圾桶真是個徹底哀傷、且極度無奈的東西——它的生存意義，竟是被各種事物意義的死亡所界定。它從來不會是透明清澈的，那是爲了讓我們在丟棄事物的瞬間，感覺到一種心安理得的消滅性。垃圾桶被賦予一種攝取事物靈魂的特異功能。

但是，垃圾桶根本未曾消滅任何事物，只是將之暫存於不可見的安靜角落，即使如此晦暗髒臭。別忘了，消滅事物意義的，是曾經賦予它某種意義的我們自身；而垃圾桶其實有其悲憫，也許正等待你回首撿拾，或者至少對於「曾經」有所感念。

村上春樹在《1973 年的彈珠玩具》扉頁裡寫著：「世界上有什麼不會失去的東西嗎？我相信有，你也最好相信。」我其實想把這句話，銘刻在垃圾桶上。

物裡學

鑰匙 key

備份鑰匙不知去向，令人沒有安全感，於是又去複製了一把。回家後卻發現，它插得進門孔，卻無法扭開。仔細比對，原來其上如統計圖表般的起伏，有一小處線條凹陷了點。只是如此微不足道的差異，一把鑰匙瞬間失去了其存在的價值。

它甚至還來不及稱作鑰匙，就被丟棄了。幽暗垃圾桶裡，白花花的金屬光澤顯得有點諷刺；彷彿一條死魚般，它沒有任何重生機會。還有什麼物件，比不能開鎖的鑰匙更哀傷無助？它既非因為年華老去而機能衰退，也非由於任何外力而毀傷壞死；更何況，它其實可以進入看起來屬於它的鎖孔。

問題顯然不是鑰與鎖有無互補，而是能否絕對地精準密合。即使它比起其他鑰匙，更相對適合於這個鎖，也沒有任何意義。不能開就是不能開，毫無妥協空間，也沒有交換餘地。於是其他鑰匙繼續安身立命，但它卻永不回生。

如果，前一刻才剛賦予它名字的鎖匠和機器再精準些，如果第三段凹面不

要多那麼零點五釐米，它肯定能成爲一把充滿力量的鑰匙——有足夠的硬度、卽使掉落地面也會鏗鏘地抵抗變形、且扭轉再多次也不怕失效。當然，這一切都不是它本體上與生俱來的——鑰匙「本身」其實一無是處，除非找到適切的對應物。

鑰匙在某種意義上，體現了權力的本質：既孤立而堅實，但卻又不能沒有對象地獨自存在。它的「絕對重要」，是建立在「相對需要」的基礎上。因此不論以何種材質製成，鑰匙都有相同而濃縮的控制力　一能開啟（房屋）、發動（汽車），也能禁閉（箱櫃）、牢固（鎖鍊），甚至停止一切（機具動作）。

鑰匙不僅能瞬間改變其對象的物理狀態，它也指向一種禁制或解放的心理情境。在谷崎潤一郎的經典小說《鍵》中，只是日記本附屬的一把小鑰匙，竟引開了一個家庭、兩代成員的情慾竄流。故事裡，透過鑰匙的刻意遺露與小心竊取，所謂祕密，竟半公開成了一種微妙默契，朝向歡愉但又極其哀傷。

鑰匙因此作爲信任的象徵。擁有它，意味著對其對應物，具備分享的權利和保密的義務。人們若能共用鑰匙的拷貝，想必是基於足夠親密的連帶。鑰匙的器用，隱喻著伴侶關係「既開／又鎖」的兩義性——既破除界限，也圈劃界限。難怪餽贈鑰匙，會成爲電視劇裡男女告白的後續儀式，即使他們還未同居。

由此，「鎖終於找到它的鑰匙」，便成了愛情發生的通俗象徵。除非是存心不良的騙子，否則每一段關係，都意味著一種開啓和封閉。然而，就像德國社會學家烏爾里希・貝克（Ulrich Beck）夫婦所描述當代愛情關係，是一種「常態化的混亂」；如今誰能百分之百確信，彼此就是「唯一」精準密合的那把鑰匙？

消逝的愛，如無法使用的鎖扣，開也不是關也不是，令人難過。然而那些曾經開啓我們的鑰匙，所打開的卻可能不是「全部」，而是被我們誤認爲是全部、其實只是「部份」的自身——比如說，僅只是一個房間、或一個抽屜。

或許，換個角度想會好些：鑰匙只是啓動了鎖，卻很難期待它能填滿一切縫隙、使之完整。誰都需要鑰匙開啓自我，但誰也都得練習——別把自我鎖死。

行旅之物

「溫暖正從物體中逐漸消失。我們日常使用的東西竟悄悄而頑強地排斥著人……為了不至於因靠近它們而被凍僵，人必須用自己的熱能去抵消它們的冰冷；為了不至於被它們的刺扎破流血，人必須用無限的靈活性捉住它們。」

——班雅明（Walter Benjamin, 1928）

行李箱 suitcase

每天進出家門，在脫穿鞋子的短暫幾秒，總會瞥見放在陽台角落的行李箱們，像是一排託放移動慾望的寄物櫃，儘管暫存時效早已超過，忙碌如泥淖，想旅行卻抽不了身。此時此地並無用處的行李箱，總是安靜卻大聲地，對我唸著法國詩人韓波（Arthur Rimbaud）的名句：「生活在他方」。

法國哲學家加斯東・巴謝拉（Gaston Bachelard）在《空間詩學》中，將箱匣視為一種具有絕對性私密感的特殊空間。行李箱其實也是個如吳爾芙所描述「自己的房間」──象徵擁有基本經濟獨立和意志自由，可以任意開關、自主進出的空間。

而且，行李箱還更進一步，必須是移動便利的房間；因為它既要隨主人遠赴重洋、敞開己身，同時又得妥善保有個我的自閉性。它是旅途居所裡真正屬於自己的房間。

每次，打開行李箱，準備一一收納與攜帶上路的意志和想望，總是和前一次闔上行李箱前，一一取出而回歸家屋的情緒與記憶，交織混融在一塊。那是一種只有自己才清晰的氣味。

物裡學

的確，行李箱曾是我們與異鄉他者互動的個人基地，如今，則成爲過去與未來自我交會的領地。

移動的欲望大多流於浪漫。即便對未知旅程充滿不安，一種傾向輕盈的感性，還是主導著遠行的基調。此時行李箱，彷彿一種現實主義的提示和妥協。它泰半是沈重的，而且相當理性。從四平八穩的方正外觀，到妥當固定的內部夾層，它始終是你另一隻手上所拿旅遊導覽的對應物。

行李箱不只帶你飛離、持續朝向外面，更緊緊守住你必然會有的、內向化的領域感需求。畢竟最終，它得隨你回家。

行李箱空間有限，我們因此要練習接近某種極簡主義式的生活風格——判斷什麼是我真正需要的，而什麼不用隨身攜帶。它迫使我們檢視日常繁雜的消費習慣，也讓人預先設想旅途中各種愉悅／逾越和風險的可能。

這一方面，是一種暫時性的反璞歸真，切實反應基本需要（need）；但或許有些嘲諷，因爲目的卻是渴望容納更多的「想要」（want）。

此時我們會赫然發現，自己的人生歲月，竟是以各種物件排列組合而成。

早晨起床後，我們需要的不再只是牙刷和毛巾，可能還有瓶瓶罐罐的保養品；而穿的衣服也不只是為了蔽體保暖，必須考慮造型搭配。

打包行李、暫離日常，原來是讓我們擺脫勞苦生活的行動，但當下卻又反過來成了讓人兩難的困局。那是因為，構成我們生活的物之體系，如此盤根錯節，一物總是關連而相生著另一物。

比如帶了眼霜就會水平延伸出護唇膏和 T 字部位控油凝露，或者帶了單眼相機就會垂直滋長出鏡頭與清潔組合。結果，一物終究還是排擠而相剋了另一物。我們的人生很少如此，非得在短時間內密集地做出各種抉擇。感謝行李箱，它竟然是一種練習取捨的健康器材。

於是行李箱可能很龜毛也可以很隨性，它在行進中暗示停歇，又在靜止時指向移動。使用它們的你我何嘗不是如此，總是於此地想望著奇遇的彼岸，並努力爭尋出發的機會；而一旦身處彼地，竟又或隱密或昭然地，想念起這裡的一切事物——那些有再大行李箱都帶不走的，細瑣點滴。

物裡學

地圖 map

不知道爲什麼，我從小就喜歡畫各種地圖。無論是爸媽的親戚朋友或自己的老師同學，只要問起「你們家（或學校大門之類）的地址是靠近哪兒啊……」，我就會摩拳擦掌地動手畫起來。

旅居劍橋時，我也常在不同場合（比如教室、街角、超市或派對），就拿出紙筆——「嗯，這裡是巴士站，往前走右轉有座獅子標誌的商場，進去穿過走廊，盡頭有家內衣店，賣很辣款式的那種；然後注意左邊這裡有個小出口，記得順著車流方向往下走，到底後看這邊就是國王學院……」。

除了依序描繪細節，如果對方是來旅遊的，我還會把哪家咖啡好喝、哪間店專騙觀光客等，順便也畫進去。

寫論文那幾年，壓力很大時，我就去買一本某個城市的「孤星」（Lonely Planet）版自助旅行手冊，外加一份比例尺適合步行漫遊的地圖。通常我會利用整整一兩個月每日如廁的機會，仔細閱讀手冊，且在午茶時將地圖攤在大桌上，反覆想像和演練。

從瀏覽到凝視、甚至記住一個陌生城市的交通動線、市集位置和景點所在，對我來說，是短暫逃離書房地獄的必要幻想。

可是，一旦出了機場或車站，終於抵達朝思暮想的目的地，我就不太想再拿出導覽。除非有時間限制或安全考量，否則我總是傾向憑藉先前的閱讀記憶、以及當下的感知直覺，來重畫屬於自己的地圖。這真是件刺激的事，順著某種微妙的自然反應，在似曾相識與茫然無方之間，複雜的異國情調油然而生。

即使因此兜了圈迷了路，也是一種趣味。所謂的旅行，別總是亦步亦趨跟著手冊。就像訂定嚴厲的法律終將被觸犯，繪製完整的地圖也總會讓人迷失。沒有這些反向操作的實踐，所有看似客觀的權威就不會被挑戰，而混亂過後的再發現與新秩序也不會到來。

波特萊爾說，漫遊者（flâneur）就是如此享受著預測「非預期的偶遇」，每天依照自己的地圖探險街頭，就是一種自我實現的遊戲練習。

物裡學

如果真找不到路，我也寧願相信「路長在嘴上」，而懶得再回溯地圖。任性而禮貌地找人問問「啊真不好意思，可不可以指點我一下那地方怎麼去」，不僅能趁機練練外語和肢體的溝通技巧，順便還親身驗證一下，這城市是否也像羅蘭·巴特在《符號帝國》中活靈活現描述的昔時東京、人們回答問路時的可愛舉措：

「當地居民都擅於信手畫出這般表示地理位置的草圖，我看著他們在小紙片上速寫，畫出一條街、一棟公寓、一條水渠、一段鐵路、一塊招牌。我們互述地址成了一種微妙的溝通交流……每當有人以這種繪圖方式為我留下地址，我就會牢牢記下對方的姿態……真令人陶醉！我甚至希望他花幾小時就這樣畫著。」

人們對所處之地的感知和定義，不只透過客觀化的地圖精準印刷呈現，也更是本地人和外來者交織涉入其中、主動而互動的展演。一個擁有豐富地方感（senses of place）的城市，如果只有一種版本的地圖，那還真是無聊透頂。就連村上春樹都曾俏皮地自述：「如果周遭有個擅於手繪地圖的女孩，我覺得自己很可能會不由自主地陷入愛河吧！」

物裡學

車站便當 ekiben

台灣這十幾年來廣設大學，有人憂心高等教育變得「浮濫」，其實日本也曾面臨相似變革。歷經戰後學制改造，大學如雨後春筍地設立，幾乎只要是「車站有賣便當」的城鎮，就有一所新大學。當時許多人便戲稱此類學校為「駅弁（車站便當）大學」。

車站便當因其多量多樣、便利大眾，而成為一種譬喻。據說全日本的駅弁種類超過兩千，世界上沒有一個國家如此瘋狂執著，在一個小小鐵路餐盒費盡心思。甚至透過研發創新與包裝行銷，復振了鄉土飲食和味覺記憶。

歷史記載第一個鐵路便當於 1885 年在宇都宮站開賣，自此日本國鐵對火車便當的宣傳廣告就沒有停過。隨著鐵路交通效率化，停車時間大幅縮短，「買便當上車慢慢享用」，便成了一種既必要又時髦的集體行動。

社會史研究者紀田順一郎甚至斷言：「不是大眾旅行刺激了火車便當的消費；相反地，是享用火車便當的庶民趣味，帶動了大眾旅行。」

種類繁多的便當，多數以木、竹、陶等自然素材為容器。豪華一點的，裡頭分上下層或數小格；有的則以若干小盒，巧妙堆疊而成。透過「塊體化」程序的烹飪操作，不同種類的食材被巧妙分隔、揉捏、接合、團組，使之成為小巧精緻的「一簇」，以便恰如其份地擺放就位。

便當菜餚的選定，可說是系統化的排列組合。首先須以時令產物，表現出春夏秋冬的季節史迭；然後要以特選素材，凸顯出風土人情的地域差異。以東海道支線為例，由東向西，沿途車站便當就包括了橫濱的燒賣、靜岡的鯛飯、濱松的鰻飯、岐阜的香魚壽司、米原的麥餅壽司……等等「知名品牌」。

車站便當所散發強烈的地域主義氣味，恰好是對火車便捷穿越疆界的一個反向回應。對旅人而言，不管是意欲或被迫遠行，快速交通所可能投射出「城鄉無時差、四處都一樣」的「去除地域」（de-territorialization）感受，或許就在車廂裡大啖風味便當的時候，重新想像、並接合回一種「再領域化」（re-territorialization）的認同。

曾任京都國立博物館館長的林屋辰三郎就表示：日本是個「什麼都有，但什麼都不多」的國家，於是人們必須發展「量少卻多樣」的豐富象徵；菜色繁多的車站便當正是實作範例。在競爭激烈的市場中，成功的便當不只有料，還得推算出多數人喜好菜餚種類的最大公因數，而能把大家都愛吃的至少放個兩三樣進去。

也就是說，多樣化的食材，在格狀化的容器裡，被塊體化地呈現。便當於是展演出一種調色盤般的豐富姿態，裡頭每一種食材，都是對另一種的幫襯與烘托。它們之間或許沒有主要次要或先吃後食的垂直從屬，只有互為裝飾點綴的水平聯結。

相對於西方人的外帶食物，總有一種清楚的中心性（如三明治與漢堡必先預設一個核心／肉品的存在、然後才以蔬菜陪襯和麵包覆蓋），車站便當再一次呼應了羅蘭‧巴特在《符號帝國》一書中對日本料理的概括：一種「沒有中心的菜餚」。

車站便當反轉了旅途移動中，只能簡易快速進食這件事。讓車廂內用餐，變成旅行儀式不可或缺的前導期待。於是我們不只吃下了一個便當，也在一連串的豐富選擇與讚嘆凝視中，吞入了一點美學和認同。

物裡學

汽車 car

看完電影《變形金剛》午夜場，我開車沿著環河大道回家。安靜的馬路、起霧的夜空，遠處貨車如片中轟隆作響的機器人。我大聲放著 Chemical Brothers 的電音，前方所有影像隨之快速流洩至兩側，然後拋諸腦後。此時我若放鬆油門，就是一種偽善的矜持，實在愧對正 high 的引擎。

突然覺得，是我被車子帶著走，而不是自己駕馭著它；它似乎有其獨特個性和行進邏輯，我只是身在其中的乘客。此一奇異的感官經驗，在引擎發出嘶吼時特別顯著。

這不全然是觀影後遺症，我清楚記得，董啟章在《天工開物‧栩栩如眞》中，有一章寫汽車亦曾如此描述。

爲什麼汽車總被擬人化呢？無論是人車之間發展出的超現實友誼，例如白色金龜車賀比和它的少女主人、霹靂遊俠李麥克和他的嘮叨「伙計」，甚或是人車合體變異成的超現實物種（典型代表正是變形金剛）；能說話思考且有情感的汽車，是流行文化裡反覆出現的奇妙物件。

物裡學

對應於這些普受歡迎的虛擬「人格化汽車」，真實世界裡也積極挪用仿生學（biomimetics）來設計新車。透過對生物體構造及其功能的模擬，一輛車從整體造型到內部細節，到處都可能隱喻或再現某種「活生生」的意象。比如說，有的汽車擁有翅翼或尾鰭，根本無法實際增加速度，但卻帥氣象徵地讓駕駛者與觀看者「感覺」速度。

布希亞這麼評論：「它暗示的是一個奇蹟般的自動主義、一個恩典，在想像中，好像是這個翅膀在推動汽車：汽車因而飛行，它在模仿一個高級的有機體。引擎是真正的效能來源，那麼，翅膀便是想像中的效能來源」。

而我想進一步補充的是——這些想像並非隨便附加、可有可無的，其實反映了汽車在當代人類文明中的意義本質。汽車不只是物理性地載人移動，從此空間前進至彼空間；它甚至符號性地陪伴或驗證著人們的成長，從這時間過渡到那時間。

就像某些游牧民族的成年禮，必須透過馴服一匹野馬來完成；能夠擁有一輛車，靈巧駕駛使之穩健而快速地行進，是現代社會多數青少年轉大人的儀式性想像。

作為力量與速度的結合，汽車讓人既愛又怕，於是在車體與身體的同步移動中，我們試圖與之建立某種微妙關係。雙手輕撫或緊握方向盤、腳則在油門與煞車之間來回移動。一次次的，這是個雙向馴化的過程——人與車的彼此控制，以及，相互擁有。據此，融入的駕駛者不只戀物，也投射了或多或少的自戀。

不過汽車之所以能成為人們追求獨立與自由的想像載體（一個人開著自己的車子前往任何自己想去的目的地），其實是立基於當代西方個人主義與私有財產制。車子是可以全然被私有化的空間，有時甚至比家屋還更專屬於個我。如果家是我們停駐棲身的窩巢，而車則是可移動而居的介殼。

對銷售廣告來說，這個外殼堅硬、內裡柔軟的移動介殼，總提示著過於正向的希望；但對許多公路電影而言，卻意味著荒涼的宿命。無論如何，我們就坐在裡面、總在路上。更或許有天突然在後視鏡裡，看見如窗外快速甩開的風景般，自己流逝的青春。

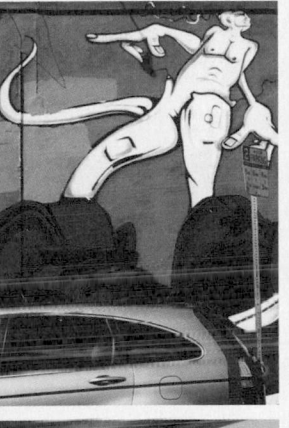

物裡學

自動販賣機 vending machine

每回去東京，似乎都會遇見新品種的自動販賣機，展售著不思議的商品。比如說，在傳統企業林立的八重洲，有自動領帶和救急絲襪機；在鄰近東大的本鄉三丁目，有考前猜題之必勝講義機；而在新宿和池袋暗巷裡，則有自販機宣稱限量供應「熱騰騰剛脫下的高校生內褲」。

除了這類怪異惡搞的獵奇販賣機，我印象最深的，是十多年前旅居在東京郊區三鷹市，某夜返家時飢腸轆轆，騎著單車只見巷尾一排白光，自販機如海市蜃樓般出現。我興奮以為是有提供熱水的泡麵機，定睛一瞧才發現：竟然賣起了不同品種、十公斤大包裝的白米。

這橫在路邊、二十四小時全年無休的「史上最大自販機」，看來相當體貼趕不及至超市採購的夜歸族，但也有種魔幻的超現實感。畢竟誰會三更半夜站在這巨無霸機器前，等著砰然掉出的農家直送白米？

幸好隔壁就有隨時供應熱米飯的超商，只要幾十秒，「噹！」的一聲，御便當香氣四溢地端在面前。

據統計，全日本有超過六百萬台自動販賣機。平均每二十多人就擁有一台的比例，世界第一。此外，日本自販機的總營業額、品項數量、和國土覆蓋面積，也都是全球最高。不誇張的想像，如果一般人的消費需求有 N 種，積極研發的日本商人，就會設法製造出「N 加一」類的自販機吧。

自從百餘年前，仿傚英美設計、能自動販售郵票與明信片的機器，首次出現在東京郵局，並隨即引發連鎖效應，開始用來賣車票和菸酒，日本人想以「簡單投幣即能滿足各類慾求」的渴望，就再沒停止過。或許，從自販機飄洋過海的跨文化消費史，恰可看出歐、美、日三地對追求新科技與現代性的差別態度。

古早的自販機，來自工業革命起源地英國。1822 年，倫敦街頭曾出現一種書籍自販機，賣著無人敢賣、鼓吹言論自由卻怕被政府取締的禁書。到了十九世紀末，美國取而代之成爲這類新科技資本的天堂。從此自販機不只是一檯新穎的機器，更是一個龐大的產業。什麼都可以賣，就連離婚申請書有自販機也不奇怪。

1902 年，美國首創的無人自販餐廳，展現了一種極具魅惑的自動主義及未來主義；也刺激著地球另一端、甫經歷明治維新而亟欲「脫亞入歐」的日本。當時，東京甚至有專售百科事典和新語辭典的自販機，大受歡迎。由此可見都會民眾對吸收西方新知的渴求、以及使用自動機械的迷戀。

相對於發明地英國，百年來自販機數量成長緩慢；美日兩大市場，極其賣力擴張自動販賣的版圖。這一方面使得在地傳統零售業，受到衝擊而日漸萎縮；另方面則為許多第三世界城市建立了新神話──當可口可樂等自販機出現在生活角落，它似乎象徵著某種「現代化」。日本學者鷲巢力因此形容自販機「既是文明的利器、又是文化的破壞者」。

四十多年前，曾有家佔地 300 多坪、內有六十七組大型自動販賣機的無人超市，在東京隆重開幕，轟動全球，然而沒多久竟倒閉了。時隔三十年後，在英國約克郡的「ASDA」，舉辦了世上第一場溫馨甜蜜的超市婚禮。女方是那裡的收銀員，而男方則經常到她櫃檯前結帳。

這兩個故事凸顯了一個事實──消費不只自買自 high，更是藉此與人互動、溝通、產生情感認同的行為。就像雜貨店老闆的親切問候，或結帳檯前的眼神邂逅……即使是天底下最聰明厲害的自動販賣機，也無法提供。

物裡學

雨傘 umbrella

自從低氣壓驅逐了秋陽，以無數細雨接管這城市後，從戶外到我的屋裡、乃至內心，就濕漉稠糊成一片，而逐漸陷入動彈不得的陰鬱。

然而記憶，像布拉姆斯的 G 大調第一號小提琴奏鳴曲，溫暖地應和著清冷的雨。既然我沒在漫長的異鄉冬日徹底壞死，大抵是熬過來了；如今即便突來暴雨淋在頭上，應該不過就是一陣咬牙哆嗦。

最近我越來越清楚，窗外不絕的雨其實無辜，真正無語面對日子的，其實都是自己混亂的心，不要牽拖。於是，在這樣趕狗都不願出門的時候，我決定停止坐困愁城；拿起一把老派的竹節手柄雨傘，散步去。

我不愛「啪」一聲就打開的自動傘，總覺得雙手推開雨傘的瞬間，其實是相當細膩的工藝美學展現。慢動作試試──傘骨關節從彎曲到撐直，傘布充滿元氣地如花綻開，緊實繃著與傘骨貼在一起。這幾個巧妙又緊湊的細節，總是如此快速連動完成。在這悶壞的日子裡，雨傘用自己的詩意，回應任性哭泣的天空。

物裡學

只可惜，我們總是太急著躲進其中，卻未曾好好看它一眼。此刻路上的每個人，都恨不得飛快抵達能擺脫傘而不見雨的室內。當然沒有人會注意到，我漫無目的地緩慢行走，以及某種恍神。我撐著傘，身體移動在氣味相似的雨中，現在的自己想和過去的自己，說說話。

我依稀聽見，在無數受詛咒般的雨天裡，一個亞熱帶遊子適應不良地撐著傘，踩破了一圈圈倒映著北國天空的水窪。我總是把衣領拉到最高、雨傘壓得很低，幾乎看不到匆匆行人與混亂車流。傘是我的盾牌，自私地保護著孤寂的自我，隔絕了寒凍的雨水、幽暗的天空、以及，可能比這些更寒凍而幽暗的，人們。

無論在哪裡的雨天，傘都為我搭起了一座可移動的臨時避風港。這是種奇妙的靜定空間，包覆但不密閉，保護而不監禁，總之是持續穩固著、但同時卻又間斷飄移著的狀態。

在傘微妙的圈界中，我仍能明確感受、甚至觸碰到「外面」——慌亂而視線模糊的外面。但正因如此對照，我也更具體意識到，此時此地的「裡面」。

雨讓這城市先騷亂，然後冷卻下來，像深夜酒吧裡，電視消音播著激烈的

運動節目。一切都疲累地消融在淅瀝淅瀝的聲音地景中，好安靜。在傘裡我首先聽到自己的呼吸，然後是心跳、以及腳步。所有僅存的聲響都指涉身體律動，一種健在活著、且仍不斷往前走著的證據。

傘為我遮擋的不僅是雨，雨只是眼淚似的情緒體現物，曾令我如此不安的，其實是醞釀這般情緒的天空，那無邊陰霾、不見日光的蒼穹。傘知道我太過渺小，拙於面對；於是它不只遮蔽，還重新描繪一片微小圓弧，暖暖罩著頭頂。儘管是如此有限的個人世界，但這就夠了，我所求不多。

這些年來我學會接受，所謂的幸福美好，都像隨時可能變天的晴空（不過是如此庸俗的道理，卻需要足夠的勇氣來確認）。我告訴自己，至少要有把傘，撐著它（其實更是撐著自己），就能暫時抵擋不斷落下的無助之雨。也讓視線從天而降，重新凝視回自己的雙腳。雖然濕漉難受，但確實踩在地面。

明信片 postcard

一開始，我們會寫明信片，寄給某個在遠方的親友。

無論是從旅途寄回故鄉，或從自家寄往異鄉，明信片多半是揮手招呼的姿態——「Wish you were here、真希望這刻你也在此」啊。它明快地呈現當下，我們有多渴望立即壓縮空間、天涯咫尺。不過呢，它跨越這遙遠距離的速度，卻是好整以暇的緩慢。

相較於手機、簡訊、和網路這些即時連線而能同步傳達的媒介物，明信片完全像是博物館裡的懷舊玩意兒，幾乎沒了實質功能。如今電子信箱裡會出現的多半都是帳單、宣傳 DM，或任何與工作相關的文書。單純只為了想念、分享和問候的明信片，如此罕見而珍貴。

於是抵達的明信片，總會被好好安置。貼牆壁，壓桌上、或收藏起來。因為它無所求也無所用，反倒有了趣味也有感動。就算再不浪漫的人，也難以否認收到時的幸福感。是啊，手機掛斷、社群下線，再多的共感轉瞬逸失；但明信片，慢了十萬八千里的明信片，卻可能投射更持久的想像。

於是，我們也在一次又一次的旅途中，寫明信片給返家後的自己。

明信片如此輕盈，是旅行中最沒有負擔的紀念品，但它承載的東西，卻可能頗有重量。像只小杓子般，它輕輕瓢起了一匙沉甸甸的城市歷史，以便讓我們吞進自己的記憶之海。明信片上原有的圖，和你所填上的字，都是一次精巧的取樣、一輪機遇的對話、或一個感官體驗的註腳。

法國思想家米歇爾・塞杜（Michel de Certeau）曾言，城市之所以有其生命，關鍵不在於它的空間，如何被政治經濟權力由上而下地構築，而是因生活其中的人們，反覆行走、不斷訴說。異國之都的行腳修辭，也就這麼順勢被放進了明信片。是明信片把旅行書寫者，暫時嵌入了城市裡。十幾平方公分的空間，是旅人與城市，相互繁殖記憶的私密領地。

然而明信片，不只是附屬於旅行者的敘事媒介或收藏客體，作為一個物件主體，它也經歷了「屬於自己的旅行」。

196 明信片

物裡學

起點，是大量複製的印刷工廠、或平凡無奇的觀光賣場，然後在咖啡館在火車上、在午後陽光或靜夜冬雪中，被一筆一畫地書寫；慎重貼上郵票確認地址，它進入信箱又被取出；蓋上城市名字的印記，以及只此一次無法回頭的時間，它前往機場；飄洋過海，風吹日曬，它不疾不徐地移動；最後才在接近遺忘的邊緣，抵達我們。

明信片沒有信封，缺乏任何保護，所以它注定要磨損、凹折、甚至髒污，但這卻不損其生命光澤。比如郵戳，宛如永恆的臨別之吻；而風霜雨露則銘刻了它浪遊的痕跡。這是種波西米亞式的情懷，它無視精準的時間控管（有時不知為何得隔了好久才會收到）、也缺乏「有何效用」的理性計算。

循著如此詩意的聯想，我不禁憶起日本朋友史生，和他的明信片。

2001 年新春，史生回老家時，收到一張自己完全不記得的明信片，上頭畫了個年輕人，騎著重型機車要環遊世界。那是 1985 年他十六歲時，在日本萬國博覽會現場透過「時空膠囊」所寄出的，主題是：與未來自己的約定。十六年後，已三十三歲的他，每天別無選擇早出晚歸地，為一家知名企業賣命。

這張樸素作夢的明信片，對他而言既像嘲諷更是提醒：自己的人生該當如何、理想的追尋有何意義？隔年，他毅然辭掉了工作，以極為儉樸刻苦的預算，騎車完成長達十七個月的環球之旅，履行自己青春的承諾。

彼時某天，我也收到了史生在旅途中寄來的明信片，相當開心且感動。然而那當下，我正處於人生最為不安與掙扎的狀態；多麼希望，就當我一時忘了，未來的不久，我也會收到年少時寄給自己的美好約定，以一張認真塗鴉的明信片。

200 明信片

物裡學

秩序之物

「溫暖正從物體中逐漸消失。我們日常使用的東西竟悄悄而頑強地排斥著人……爲了不至於因靠近它們而被凍僵，人必須用自己的熱能去抵消它們的冰冷；爲了不至於被它們的刺扎破流血，人必須用無限的靈活性捉住它們。」

——班雅明（Walter Benjamin, 1928）

手錶 watch

多數人每天起床的第一個動作，其實不是拉開窗簾、折疊棉被或梳洗更衣，而是確認現在幾點。即使假日，我們還是下意識地這麼做。手錶上的指針，排列出當下我們身處的「位置」，及相應的行動指示。若還有時間（而不是還沒睡飽），就可以再回頭躺一下；否則，得急忙起身，在幾點幾分以前，依序快快就定位。

電影《口白人生》（*Stranger than Fiction*, 2006）裡的男主角，就是這麼有條不紊、精準度日，讓我們分不清，到底是手錶支配了所有的他、還是他掌控了所有的時間？即使不如他的誇張，我們的生活終究擺脫不了看時間、守時間的規訓；而就算忘了戴上手錶，多數空間裡也不曾缺乏時間的標示。

事實上，我們從未「看見」時間。手錶是反客為主的媒介，它將總是在流動著的光陰，化為視覺上可辨識的單位。手錶因此讓我們有一種錯覺，彷彿我們擁有且可以支配時間。這種虛假意識，成功掩蓋了「我們受制於鐘錶時間」的無奈現實。

傳播理論大師麥克魯漢（Herbert M. McLuhan）曾說：「當人們發現，可以把時間定義成發生於兩點之間的事，西方文明即產生了鉅變」。錶讓時間感從主觀的身體經驗，變成了客觀的度量單位。它規制了現在，也控管了未來，從而確認與指導我們每個人在社會裡的存在狀態。

歷史巨輪不斷朝工業化乃至全球化推進，驅動者竟是手錶裡微小的幾齒米齒輪。

這場鐘錶專制的革命，其實不過是幾世紀以前的事。起初只有市集廣場的大鐘，不久家裡壁爐上出現了掛鐘。漸漸地，有錢人的口袋裡躺著懷錶，到最後一般人的手上都戴起手錶。而且，從上發條到自動化，從分秒不差到毫秒必較。

如今，是鐘錶決定了身體感知及行動的時間，而不是我們身體本身實作了時間。

固定午休的一個半鐘頭，是多數上班族「該用餐的時間」，而非他們實際肚子餓「想吃飯的時間」。看似自由的大學校園裡，從集體的鐘，到個別的錶，我們相互監控。學生不敢先離席，即使上課了無生趣；教授不敢遲下課，即使講授不宜中斷。是我們的錶，統一定義了課堂長度，而不是我們的互動差異，調整了這個流程。

墨西哥有句美妙又睿智的諺語：「把時間給時光」。但我們卻總不假思索地，透過一只腕錶、幾聲鐘響，就輕易把各種與人交流或安靜獨處的時光，通通交給了時間來決定。

在心理學家勒范恩（Robert Levine）所著《時間地圖》一書中，有個西非留學生說：「在我生長的地方沒有浪費時間這種想法。你怎麼可能『浪費』時間呢？你不是正在做一件事，就是正在做其他事。就算只是跟朋友講話或閒坐，那都是一件事啊！」他說的如此稀鬆平常，但卻有振聾發聵的反思提醒。

儘管我不愛錶的時間支配了我的時光，但仍喜歡凝視手錶的機械之美。我總覺得，手錶是一座設計精巧的舞台。在極為狹窄侷促的後台裡，大小齒輪環環相扣，並以一種恆定節奏運轉著。而在前台，纖細漂亮的長短指針，

旋轉動作既高雅又準確。或許可以這麼說：錶裏嚴密的行軍，支撐起錶面輕盈的芭蕾。

曾有一陣子，手錶連起碼的優雅竟都不見了。那是在我小學時，電子錶席捲全球、傳統機械錶黯然失色的 1980 年代。液晶體的跳字取代指針，沈穩的滴答聲也消失了。歡呼數位可以取代機械的預言，彷彿遙遙迴響著幾世紀前，人們開始配戴手錶計算時間、而忘卻自身感官的時光感受。

其實，需要手錶以看緊時間，正如我們需要鏡子來看好己身。它們雖是不同物種，卻回應著同一恐慌和渴望——關於自體存在感的不斷確認。我倒認為，就像沒了鏡子，自我還在，無須懼怕；即使戴著錶，時間看看就好，也別焦慮它「就是金錢」（這真是資本主義世界數一數二巨大的迷思）。

於是慢活，非只字面之意凡事放慢，而是在分秒必爭的每個當下，經常練習一種「時間無政府主義」（chronometric anarchy），做時光的主人，而非時間的奴隸。

迴紋針 paperclip

從小就莫名喜歡裝有迴紋針的紙盒。它們總是靜靜躺在上層抽屜的右側角落：一盒是普通的迴紋針，另一盒則裝滿鍍有七彩顏色的。即使沒有要挑選使用，我也愛把食指放進盒裡攪動。在窸窣的細碎聲響中，指尖傳來冰涼滑潤的金屬觸感，有點舒服。

迴紋針是最不花俏、總是長得「如此這般」的小文具。有錢人家的同學，擁有如變形金剛般充滿複雜機關的鉛筆盒，裡頭盡是昂貴的日本製筆和橡皮擦；然而他們所使用的迴紋針，和在我們小帆布包或扁鐵皮盒裡的那幾枚，並無兩樣。迴紋針不會因所謂「設計感」而造致階級差異，它體現了一種平等主義。

迴紋針毫不起眼，卻得有相當程度的工業技術前提。只有足夠細膩的機床，才能生產勻稱、柔軟而不易折斷的細鋼條。其實，十三世紀以降的六百年間，文件固定方式乏善可陳——早期在紙上打洞以細繩綑綁，後來頂多就是上膠。一直到彈性鋼材的發明，才在 1890 年催生了迴紋針。

迴紋針是現代科層組織、也是社會學大師韋伯（Max Weber）所謂現代生活「鐵牢籠」裡，最微小卻極重要的一個秩序維繫者。每日每夜，滿坑滿谷的檔案文件等待分類、整合、遞送。迴紋針憑藉著柔中帶剛的雙重曲面，克盡職守地為我們抵禦混亂。難怪法國哲學家德瓦要大大讚頌這個小小物件，宛若「倫理的象徵」。

然而我一直覺得奇怪，迴紋針明明不是針，而是一種「夾」的存在（正如英文全稱是「slide-on paper clip ／滑定紙夾」，粵語則叫它「萬字夾」），但為何我們就是要名之為「針」。如果文具的世界也有正名運動，迴紋針應率先理直氣壯對我們提出抗議要求。

迴紋針之所以能成為「萬字夾」，是因為它從原型的一條「線」（一根鋼針），經由反覆的彎曲努力，進化成兩個「面」，交互疊合而能串連紙頁。相對於訂書針的侵入性與別針的的破壞性，迴紋針從未如此對待它的對象物。再者，它也不像繩子或膠帶，必須以緊緊的束縛或黏著來抓住一切。

這麼說來，迴紋針竟也像是個完美情人的象徵。它絕不來硬，溫柔但堅定；它拉近密合了彼此，卻給予彈性分離的可能空間。曾有一次，我在東京銀座「伊東屋」文具館前、巨大的紅色迴紋針招牌下，看到一對年輕戀人不知何故起了點小拉扯，回想起那場景，人物並置的對比還頗有對應趣味。

前陣子整理老家壁櫥，發現一疊大學時期的文件，壓在角落。那還是使用PE2 文書編輯系統、和點陣式印表機的年代，紙張因此泛黃，邊緣處也有小蟲啃噬過的缺角。文件上的迴紋針生鏽了，還在紙上留下褐色的凹陷印記。

我一枚枚取下它們，放在掌心撥弄檢視，在隨手丟棄與重新收納之間，感到兩難。儘管歲月流逝，白紙黑字或許有些渙散，但迴紋針始終不離不棄，扮演著牢記一切的角色。

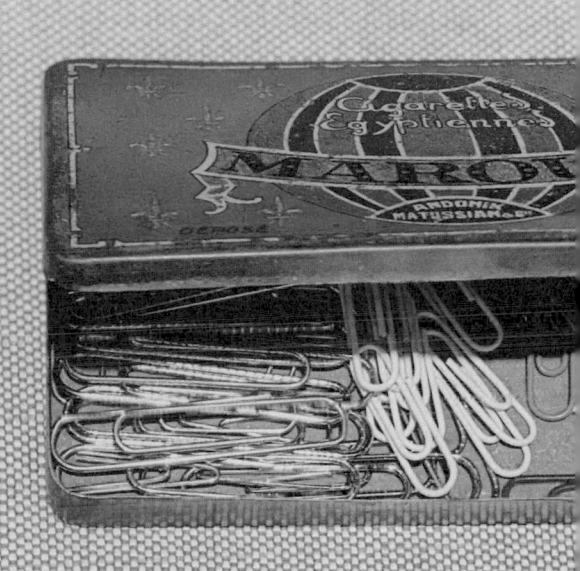

物裡學

影印機 photocopier

1936 年初春，班雅明從巴黎寄了一篇題為《機械複製時代的藝術作品》的論文和一封信，給德國法蘭克福學派的要角、也是左派理論大師阿多諾（Theodor W. Adorno）。信裡流露出罕見的興奮和積極之情，因為他知道，自己寫出了充滿預言力道的革命性論述。

兩年後，在紐約有一位名叫卡爾森（Chester Carlson）的律師，因為厭倦每天反覆以人工油印方式複製文件，於是在自家廚房進行實驗，發明出了影印機。

這兩個歷史事件，沒有任何實質關聯，儘管它們不約而同標示了文明進展的里程碑。班雅明在 1940 年抑鬱自殺時，卡爾森所發明的影印技術，還乏人問津。

當世界正捲入一場前所未見的戰爭風暴，所謂的「機械複製年代」，似乎是個過於早產的命題。殺戮、消滅與佔領（及其反抗），型塑了當時的社會氛圍；至於複製、繁衍、再生和分享，都仍屬次要思維。

直到 1959 年（整整晚了二十多年），全世界第一部辦公室影印機才上市。這台機器，透過曝光、顯像、定像和感熱印出的快速程序，能無止盡地繁殖一模一樣的文字和影像。只要提供一，它就能衍生出擬似一的二或三或四、甚至一千一萬。

精確地說，影印機所創造的唯一事物即為複製；而唯一毀滅的，就是它所複製事物的本真性（authenticity）。

人們愛影印機，因為它表徵了複製技術的全面普羅化。麥克魯漢歡呼「只要有影印機，人人都可作出版家」，雖誇張但有其道理。

在過去，複製是少數專業工作者才能擁有的技術能力（如教士的手抄謄寫，或印刷工作坊的人物力投入）。而影印機卻賦權任何人，不經特殊訓練，也不需在特定工廠，只要按鍵就能立刻輕鬆拷貝。

大量複製，作為創新發明的同位語，也是現代性的特徵及欲望，班雅明早

已點出，只可惜他來不及經歷。半個世紀以降，不只文字和圖像被影印、音樂被拷貝，卽便連商業手段和國家政略、乃至食衣住行育樂等日常活動，都跨時空地交叉複製。

在複製夢想的系譜中，雙卡帶錄音機可算是影印機的近親，而其後代則是光碟燒錄機、甚至是生物基因工程。

然而，人們愛影印機的理由，卻也使人們恨它。科技史學家有言，不只是需求帶動了發明，發明其實更創造需求。我們的世界原本不需要這麼多複製品，但或許因爲有了影印機，大家莫名其妙焦慮起來，並盡可能要滿足「不得不多拷貝個幾份」的奇怪想法。

說穿了，就像洗衣機的誕生，並未減少主婦投入洗衣勞動的負擔；影印機其實只是讓官僚系統，更加的龐雜延展而無效率。

於此浮現了尼采（Friedrich W. Nietzsche）「永劫回歸」的命題——卡爾森發明影印機，是爲了解決他每日反覆單調的複印工作，但影印機的普及，卻造致世上更多人陷入同樣的無趣地獄。

影印機總是委身在狹窄空間的一角，因碳粉感熱而產生的臭氧、和極為冰冷的掃瞄聲光，隱含著某種奄奄一息的死亡氣味。弔詭的是，這氣味是從如此具有超強繁殖能力的機器中溢散出來。

因為影印機無所不在地生產著「複製」，以致於「本真」的死去變得理所當然、不足掛齒。在不停歇的滾輪下，卡紙於是成了某種徵兆，彷彿一個秩序的突然斷裂。卡紙阻礙了複製欲望的流暢性，卻也提醒著我們——或許花幾秒鐘想想，不再盲目拷貝的另類可能。

日誌本 daily planner

很久以前，父親有個印刷廠客戶，年終總會送來大小不一的日誌本。有的很厚重、一天一頁、再以格線區分小時，看來是給行程滿檔的董事長（或他的祕書）使用；有的則輕薄、攤開跨頁就是一週、裡頭分七個方塊，適合慌忙一氣的大學生。無論哪種格式，合成皮封面都有燙著年份的金字。

拿到免費日誌本後的第一件事，就是動手改造它。比如用褲管改短所剩的單寧布、或廢棄箱子內層的瓦楞紙，就能讓原來顏色老氣橫秋的外殼變得有型。然後開始謄寫，把即將用完今年日誌裡的各類資訊，抄到來年裡——像是親友的電話地址、自己的帳號備忘、或誰的生日及某某紀念日，等等。

完成瑣碎的前置作業，隨即開始囈語塗鴉一番，日誌本才徹底個性化了。新的一年開展在面前，無論如何必須自己面對。我總會慎重虔誠地在扉頁或封底寫下：「這本日誌對您無用、於我卻極重要，若拾獲請和其失主聯絡，感激不盡」。畢竟日誌像把鑰匙，帶著它，我每天往返那存放無數生活軌跡與想望的私密小屋。

物裡學

幸好這樣一行字不曾派上用場。僅只一次，是十幾年前在東京作訪調，我曾把日誌本忘在電車上，熱心的車掌特地從終點站送回我報失之處。我不斷鞠躬道謝，他和藹地說：「皮包的錢掉了可以再賺，但這小本子不見的話，可是會很失落啊」。我傻笑，緊緊抓著日誌本，彷彿回頭浪子要牢牢握住自己人生般的用力。

後來漸漸地，我不再改造日誌本了，跟多數人一樣就是挑本現成合用的。而裡頭，也越來越少隨筆或亂畫，絕大多數只是條列有關工作的備忘。我依賴它陪著與害怕它遺失的程度，比起昔日有過之而無不及——儘管它變得單調無趣，盡是諸如幾點和誰開會、何日得交稿子之類的註記。

有一次我問自己：如果現在掉了這本日誌，到底有什麼東西會眞的遺失呢？說不定，我失去的只是一本「把『時光』換算成『時間』」的日誌吧——它以漂亮銳利的格線，將時間一時時切割清楚、妥善分配；作為一個提示物，它始終面朝前方（下一頁）、只記錄「展望性記憶」，而很少再回溯過往時光的歡喜憂傷。

我的確需要這樣的日誌本，讓我不會忘記明天；卽使昨天，已因翻頁而失去作為「時間」的價值，甚至撕掉了過去某一頁，我也難以發現。然而，有

些事物是不會消失的（雖然我亦相信有些是會的）。

或許另有一本看不見的、只存在內心深處、反過來把「時間給了時光」的日誌，始終都會留下來——它透明而具穿透性，沒有框架和度量；在裡頭，時間不以數字和文字等符號呈現，哪怕消逝了，也仍有「時光」停駐閃爍。

這麼想著，突然覺得如果手邊日誌不慎遺失，也不過就是關於未來時間的暫時停止規劃，其實並不會迫使當下的時光也暫時停止呼吸。

在《唐吉訶德》中，塞萬提斯（Miguel de Cervantes）寫道：「並非所有的時間都一樣」；然而這個時代的日誌本，卻試圖弭平差異、一統時間。當日誌本不再是歲月時光的體現物，僅只作為一個分派時間的提示物；它見證生活流變的證據力，可能比眼角的細紋還不足吧。

物裡學

解放之物

「在人類的歷史進程中，可以看見無數個如當初普羅米修斯被宙斯禁止用火的困境。可是，自主能動性卻也在個體日常生活中，藉由普羅米修斯不服從的抗命精神——機伶、縝密、潛心追求，巧妙地免於責罰，進而實現自己的願望。」

—— 加斯東‧巴謝拉（Gaston Bachelard, 1988）

大麻 marijuana

留英時的宿舍庭院裡，有叢不甚起眼、開著紫花的綠葉植物，是管家奶奶的老貓在夏日傍晚經常靠近玩耍之處。我後來才知道那叫貓薄荷，含有一種相當於費洛蒙性激素的荊芥內酯（Nepetalactone），讓吃下葉子的貓，產生各種短暫性的幻覺甚至狂喜，於是會蹦跳、搖晃甚至打滾，直到精疲力竭。

雖然貓薄荷宛如貓的大麻菸，但其種子卻極易買到，且簡單栽植就能發芽。除了給貓享用，婆婆也經常以之泡茶、甚至加入沙拉調味，據說可治頭痛、反胃和失眠。

換句話說，帶給貓兒情緒高張的這玩意，對人們而言，卻是鎮靜與緩和的自然藥物。也因此，它絲毫不抵觸老奶奶那簡約風格、維多利亞式的禁欲花園。

彼時夏日伊始，劍橋兩萬多學生好不容易熬過痛苦期末，華麗的學院派對陸續登場，通宵達旦飲酒跳舞。或許所有狂歡儀式，不過是圖個當下解放，

就像尋找著薄荷葉的貓兒。尤有甚者，在子夜裡的研究生俱樂部、或康河暗處的小舟上，違禁的大麻被捲起點燃，悄聲應和著各種吟唱、辯論、囈語、詛咒或告白。

三十多年前，曾有三名劍橋學生因「哈草」被逮，學院並未報警只讓牧師訓話飭回。據說他們是在晚宴結束後躺在河畔草坪，一邊吞雲吐霧，一邊輪讀柯立芝（Samuel T. Coleridge）的詩。不久竟全睡著，直到守衛跑來關心，才發現三人手上仍握著熄掉的捲菸。

他們其中一位，後來成了我室友的指導教授，極有希望角逐諾貝爾獎；而另一位，則進了九〇年代後期執政的新工黨內閣。

在歐洲多數國家，大麻與其說是一種令人恐慌的毒品，更精確而言是一種介於社會接受邊緣的迷幻物。表面觀之，非法固然是大麻的定義，但警察對於小量持有者，卻採取一種「寬容但不允許」（tolerate but not allow）的微妙應對。只有荷蘭，坦率成為自願的例外。

阿姆斯特丹之於大麻擁護者，就像是維也納之於古典音樂愛好者。然而千萬別以爲後者人數遠多過於前者，或認定古典音樂作爲一種「精緻文化」，其對文明演進的影響，就必然大於迷幻藥物——作爲一種反文化（counter-culture）、乃至進一步「再文化化」（re-culturalization）的驚人驅力。

若要列舉曾談及大麻如何帶來豐富感官經驗的文人、藝術家甚至科學家，恐怕一星期的報紙都不夠連載。在經典的《論藥物》（*On Drugs*）一書中，美國學者 David Lenson 乾脆直言：「我們不得不面對現實，許多堪稱典範的詩人及理論家，表面上談論的是發揮想像，其實卻是用藥後的飄然欲仙。」

將植物製成藥物，是史上最二律背反的發明之一。它一方面許諾了盎然生機，卻同時暗示著可怕威脅。大麻曾爲多數文明當作必需藥品，如今卻遭多數國家以毒品之名禁絕。

是藥或毒，其實不只是醫者的技術劃界，無疑更是一套社會建構。1980年代前後，美國政府對大麻先鬆後緊的兩極態度，背後複雜的政經算計、及其肇致自由人權受損等議題，已有許多歷史學家提出批判。

古希臘神話裡，酒神戴奧尼塞斯（Dionysus）帶給人類沈醉、暈眩和狂喜，進一步成就了文明與和平。然而，希臘人卻只能以祕密而謹慎設限的狂歡儀式來祭拜祂。

對凡人來說，戴奧尼塞斯既能灌注繆思，也能驅使發狂；陷入某種出神之癮只能偶一爲之，而非生活常態。於是，人類總會嘗試在沈溺與禁制間摸索超越之道，而不甘只作繞著薄荷葉反覆打轉的，疲憊的貓。

They're Out of Control

不機嫌な肌のためのクリアジェル ¥1,995 (本体価格 ¥1900)

物裡學

旋轉咖啡杯 teacups

颱風夜，我泡了水溫四十度的熱水澡，出浴時有點暈眩。打開電視，一如往常，各新聞台以莫名亢奮的語調，賣力玩著屬於他們的收視率競爭遊戲。衛星雲圖上的颱風，如滾雪球般，在旋轉中持續增大、前進。窗外風聲呼嘯，以一種要捲走所有事物的氣勢。彼時我的頭殼裡、電視上、陽台外，竟不約而同，天旋地轉了起來。

恍惚的我，沉緩陷進填充了無數微粒棉球的懶骨頭裡。它巧妙將我包覆，有一種杯碗般的安穩，讓我不至於被甩拋出去。關掉電視，房裡安靜極了；我閉上雙眼，額頭微燙，迴旋不歇的風聲如此清晰。暈暈晃晃的，我彷彿坐上了記憶裡旋轉不停的，懷舊咖啡杯。

之所以說懷舊，是因為新式的遊樂園裡，已很少有「咖啡杯」了。儘管那是許多人的童年憶趣，但它的賞味期限終究來臨。令人感傷而不得不承認的是，它既無法追上雲霄飛車的刺激，也不如摩天輪的浪漫或迴旋木馬的華麗。旋轉咖啡杯，遂成了一個落單、沒能跟上慾望升級和花樣更新的老派遊戲機。

物裡學

人們藉由科技追求遊戲快感，可溯及十九世紀後期，歐美各國相繼舉辦萬國博覽會、擴大整建市集及大眾庭園，並在這些地方提供機械化的玩樂設施。一來展現國力、刺激消費，二則抒解民眾壓力、減緩階級緊張。充滿速度感的旋轉咖啡杯，在上個世紀初與前述三種遊樂器材，幾可說是共構主題樂園的四大基柱。

旋轉咖啡杯的基本邏輯就是轉圈——同時包含行星般的自轉和公轉，且必須夠快。咖啡杯與迴旋木馬同屬水平軸線的運動，卻有著截然不同的速度。當我們坐在裡頭快速旋轉，並與其他同步運動中的咖啡杯，形成一種不斷錯位、彷彿要撞上卻隨即甩開的感覺，那就達到了我們消費它的目的：暈眩，及其快感。

如果我們以為，暈眩只會造成生、心理的不適，可就錯了。幼兒蹣跚學步時，喜歡兀自旋轉然後倒下，這可能是人生初次經歷的暈眩樂趣。然後隨著年歲漸長，透過各種人事物的媒介（如性愛、飲酒、用藥、迷戀偶像等），其實我們非但不想避除暈眩、反而經常欲求此種狀態。

法國社會學家羅傑・凱洛斯（Roger Caillois）在 1958 年出版的經典著作《遊戲與人》（*Les jeux et les hommes*）中，按照意識與規則的有無，

將遊戲類分成四種原型：競爭、機運、模擬、和暈眩。他認爲無意識也無規則可言的「暈眩」遊戲，對文明發展而言是一種危險成分，社會於是將導引，使之朝向有明確規則、有清晰意識的「競爭」。

然而，暈眩和競爭，與其說是兩種不同範疇的遊戲，不如說，追求暈眩就是一種對不斷競爭的反抗。競爭是無法真正忘我的（畢竟，「我如何勝出」是核心價值），充其量又是一次社會化過程。相對地，暈眩（旋轉、不停旋轉）卻可能忘我地投入嬉戲，而得以逃避規訓的常態。

只不過，聰明的資本主義，很早就洞悉了這種「暫時脫離日常」的暈眩需求。所以它製造了旋轉咖啡杯，在假日裡，讓人們甘心掏錢入座，求得一時的忘卻快感。然後，等到大家都適應了它（就像孩童長大後不怕原地轉圈），更強的暈眩誘發物就會推陳出新，比如說，那令人目眩的媒體與網路景觀。

咖啡杯不再旋轉了，但我們未曾停止遊戲，無論是殘酷的或天真的。

抗議物件 disobedient object

「權力無所不在」，思想家傅柯如是說。然而抽象的權力需要具象的物件來體現，於是，權力的物件隨處可見。比如，用雄壯明亮的管樂器來吹奏國歌，讓國旗在眾人立正致敬的氛圍中緩緩上升。又或者，刻有政治人物名字的牌匾或石碑，突兀卻又見怪不怪地被樹立在各種公共空間。

不過，「有權力的地方也會有反抗，即使反抗程度不一而足」，傅柯補充道。也因此，政治象徵（political symbol）總是一次又一次的衝突現身。當某事物代表權威，就會另一事物被製造出來對應它，無論其形式是破壞、挑戰、諧仿、或惡搞。有時候，反抗權力的物件甚至不依附在對反關係上，而全然是種新穎。無中生有、像石頭裡迸出一朵花的藝術創造。

2014 年夏天，在台灣風起雲湧的國會佔領運動（即媒體所稱「太陽花運動」）之後，英國維多利亞與艾伯特博物館（Victoria & Albert Museum，簡稱 V&A）舉辦了「不服從的抗命物件」（Disobedient Objects）展覽。當時我人在倫敦訪問，恰就躬逢其盛，且該展亦跟我正進行一個有關社運中次文化創作與物件設計的研究主題緊密呼應。

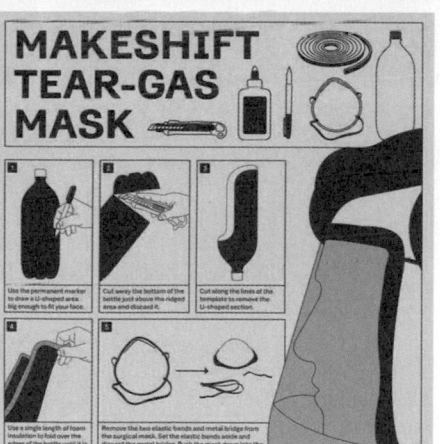

REKLAM
243 4 411
252 4 224
Acele
Kaşe
Folyo
Tabela
Kristal
Plaket
Yaka
İsimliği
Otel
Anahtarlığı
Masa
İsimliği
İmza
Mührü
Şablon
Paslanmaz
Hazır Harf

葛西打倒
最悪の新自由主義者
JR東海会長
新たな経営協議会委員
全学連

Palestine Solidarity Campaign
FREE
PALESTINE
END ISRAELI OCCUPATION
www.palestinecampaign.org

NO NUKES
核廢料遷出蘭嶼
用電需求零成長

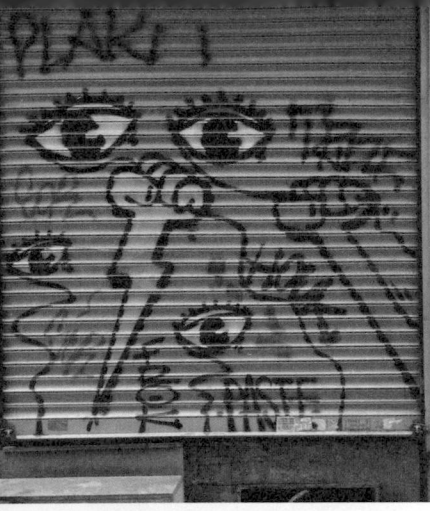

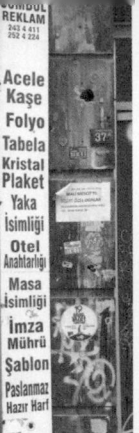

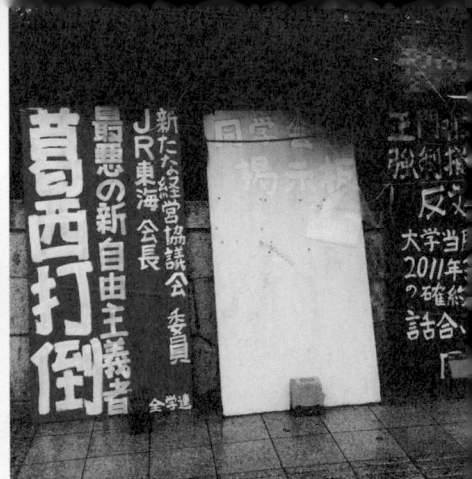

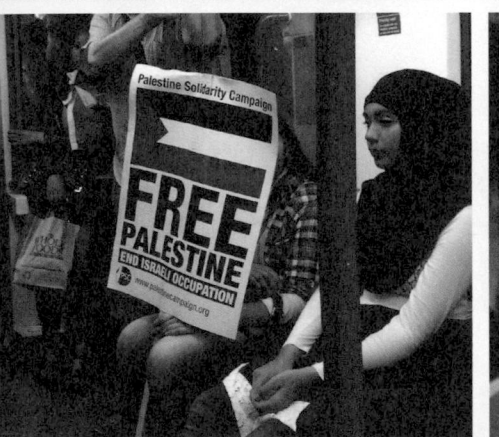

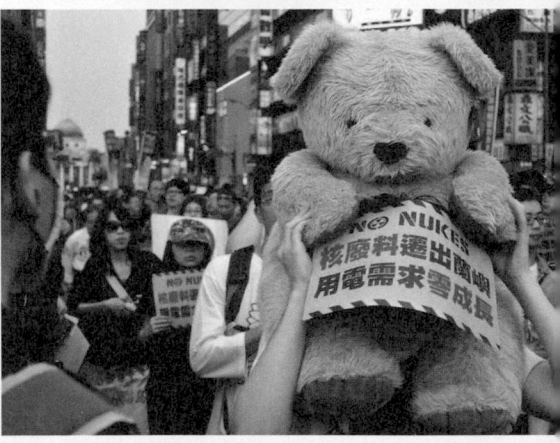

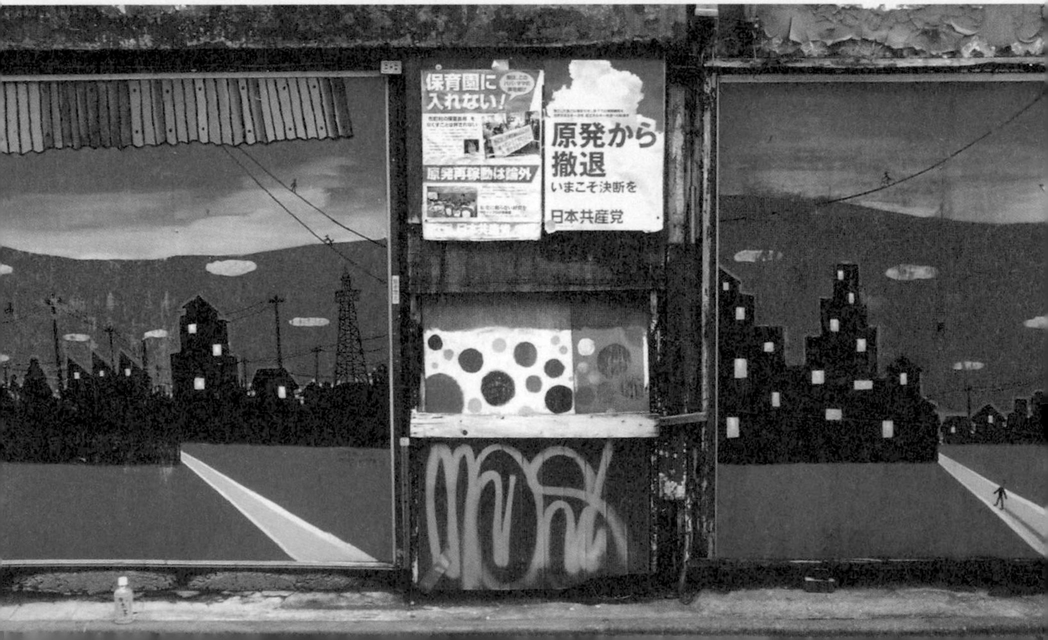
保育園に
入れない!
原発再稼動は論外
原発から
撤退
いまこそ決断を
日本共産党

「抗命物件」展引起很大迴響，時任 V&A 館長的 Martin Roth，甚至將此展連結至 V&A 的創館理念：「把藝術與設計獻給所有人」。166 年前，創辦人亞伯特王子提出這想法在當時其實有點激進，V&A 呼應了支持革命運動的德國建築師 Gottfried Semper，他主張博物館收藏應該作為「一個自由人的良師」。換句話說，那些展出的物件，都可能如同自由的火種。

Martin Roth 據此總結「抗命物件」展：「所謂的設計不只涉及專業操作或商業過程，即使在最有限的不足資源下，普通人也可以動手做設計。設計者與行動者生產出饒富創意的抗命事物，他們挑戰了各種既定規則。」

相對於某些取材自社會運動的當代藝術作品，看似挑釁、酷炫，結果反而造成藝術性與社會性兩頭落空；「抗命的物件」展卻帶給我極大震撼，至今記憶猶新。因為這些物件，根本就不是為了變成展品而被創作出來，它們來自也將回歸抗爭現場，即使那場抗爭「失敗」了，總也還有下一場。

在我看來，「抗命的物件」展衍生了兩個層次的設計反抗實踐：一是無中生有、因應行動需求的「抗命物件」新發明；其次，則是舊物件的新挪用，將日常物件從其原始效用和商品邏輯中解放出來。換句話說，這是一個由「反抗的物」，到「物的反抗」所構成之迴路，兩者互為因果、也相輔相成。

相對於軍事革命，需要真槍實彈，多數採取非武力抗爭的社會行動，則必須製作兼具出擊與防禦實用性的物件。比如說在視覺上能張揚抗爭主張的布條、旗幟、看板，或在聽覺上能放大訴求聲響的設備和裝置。

能結合這兩者的例證，在台灣就是各種用小發財貨車拼裝起來的「民主戰車」或「社運戰車」。車身貼滿海報，車頂插著旗子，人們還可以站上去拿起麥克風，透過大功率喇叭，帶領大家喊口號、唱戰歌。

如果連小貨車都買或租不起怎麼辦（亦或抗議者希望能用更環保的方式移動宣傳）？ 2010 年前後，在哥本哈根與漢堡等地的大型示威中，曾出現許多「Bike Bloc」——將兩輛同款腳踏車，透過一個簡單工作檯橫向連結車身支架，然後在前後左右都架設喇叭，連接固定在工作檯上的筆電。如此，一輛低成本但很環保的人力「宣傳戰車」就誕生了。

除了主動出擊，具有實質防禦功能、又兼具訴求創意的反抗物件發明，近年最具代表性的案例，莫過於「Book Bloc (Shield)」。它源自 2010 年的義大利學潮，然後一路延伸到倫敦、甚至紐約的佔領華爾街運動。

它的設計概念簡單而有力，就像是上美勞課似地自己動手作一本大書般

的「盾牌」，每面盾牌表面會寫上具有反抗或啟蒙精神的不同書名和作者（比如 Thomas Paine《Rights of Man》，或 George Orwell《Animal Farm》）。

於是在新聞中，我們竟就看到警察拿著警棍兇狠追打，而抗議青年們無畏舉著七彩「書盾牌」在阻擋防禦的諷刺畫面（到底國家公權機器是在保衛或摧毀文明呢？）

上述這些抗命物件的誕生，雖然大多是無中生有的發明，但其所使用的素材卻經常是日常用品。這就衍生出前文所言關於舊物件的全新挪用。也就是說，要製造反抗（權力體制）的物，同時就要讓物先反抗物自身。

最清楚的例子之一，就是 2013 年土耳其和希臘的反政府抗議者，為了在警方發射催淚瓦斯時能挺住不致潰逃，許多人都戴上自製的防毒面具——將寶特瓶底部和一個側面的三分之二切除、並穿小孔繫上彈性繩可以掛耳，最後倒著在瓶口處塞入口罩做為過濾。

由此，寶特瓶和口罩都脫離了它們各自原來的物用邏輯，共同為了成就「反抗之物」而轉世重生。正如同思想家班雅明曾言（雖然這段話本意在談

收藏的政治潛能，但放此論述物之反抗也算成立）：「讓東西不僅僅是爲
日常生活世界所需所用，更讓它們從實用而單調乏味的苦役中解放出來」。

香港在 2014 年爭取普選權的「佔中運動」時，群眾紛紛撐開雨傘，抵禦催
淚瓦斯攻擊，更是絕佳例證，說明雨傘不再是擋雨之傘，而是在實質上對
抗公權暴力、在象徵上樹立認同符號的新物件。

「雨傘運動」之名舉世皆知，傘也因此脈絡反抗了自身「只是把傘」的商品價
值，得以在人類歷史中寫下永恆一頁。

進一步說，反抗的物與物的反抗，不僅會交揉一體，也可能反覆辯證。
這個張力在與抗議者身體緊密相連的衣著表現上，更是經常可見。比如
1960 年代的焚燒胸罩運動，直接展現女性對胸罩這個束縛自身之物的反
抗，試圖以此積極實踐女性身心與審美自由的可能。

但到了 1970 年代的龐克浪潮，反而刻意「內衣外穿」，物的反抗倒過來成
爲反抗的物，胸罩嘗試在「爲男性凝視而穿 vs. 爲女體自由而不穿」的二元
對立中，找到一條新出路。

物裡學

這雙軌辯證，最終匯聚在 1980 年代瑪丹娜的舞台上，只見她穿著高堤耶（Jean Paul Gaultier）設計的金色尖錐胸罩（可以說是某種「將計就計」的反抗之物），既極具性感誘惑、卻又對慾望者發出挑釁訊息：「你們這些想上我、卻又無法控制我而導致厭女情緒的矛盾異男們，當你們盯著我胸罩看時，它已一眼穿刺各位。」

還有 T 恤，原本只是男性的汗衫或內衣，是私領域、與公眾表達無關的著物。但當它在每個人的前胸或後背貼上符號，直接傳遞出某訊息或某態度時，一切就大不相同。

於是，不只有幾可亂真的山寨名牌 logo T 恤，也有帶著文化反堵（culture jamming）精神的反諷名牌 logo T 恤。更不用說，每一場運動。一定都有件亮出名片般的 T 恤（比如反核、反戰、反貿易自由化等）。

最後，身體，也有可能直接成為一種反抗物。一方面，它透過與特定物件的連結，而產生巨大的肉身抗議能量。比如到處都有的「Lock-on」，抗議者使用各種鎖鏈把自己跟公共設施固定一塊，目的就是不讓公權暴力可以直接「清理」。無論是台灣長達十餘年的樂生療養院保留運動、或巴勒斯坦人長年阻擋以色列殖民的抗爭，都常見如此高危險性的激烈表達。

與此相對，則是再無任何連結的肉身本體。公開裸露（public nudity）的反抗性，可以從青少女以較裸露衣著，對抗家父長權威；乃至抗議者會以脫衣作為一種和平但又強烈的手段，比如最經典的「反皮草時尚」動物保護運動。

從設計製作用以反抗的物，到挪用再造某物的新反抗生命；從讓這兩者交融混合、到讓這兩者辯證對話；從身體連接反抗物，到以肉身本體直接作為反抗物。所有這些抗命行動，都體現出自由靈魂不受拘禁的想像力。哲學家巴謝拉在《火的詩學》中，因此提示我們：

「在人類的歷史進程中，可以看見無數個如當初普羅米修斯被宙斯禁止用火的困境。可是，自主能動性卻也在個體日常生活中，藉由普羅米修斯不服從的抗命精神──機伶、縝密、潛心追求，巧妙地免於責罰，進而實現自己的願望……我想這正是研究不服從、抗命的動力──其實也正是所有知識源起的理由」。

只要這世界各種系統化的權力壓迫依然存在，每個靈魂就會或多或少地依附在各種反抗物件上，為自由煽風點火。

象徵之物

「在任何物品身上，現實原則永遠可以被放入括弧。只要失去了具體的作用，物品便可以被移轉到心智用途上。換句話說，在每一件真實物品的背後，都有一件夢想中的物品。」

——布希亞（Jean Baudrillard, 1967）

招牌 signboard

聽媽媽回憶，我還沒進幼稚園前，每每坐在車裡，總是不太安靜。倒不是說我會吵鬧，而是愛問東問西、甚或喃喃自語。至於誘發我出聲的，竟是大街小巷隨處可見的招牌。看來招牌是我人生走出家庭教養外的第一個老師，它教我認字，以及，開始揣想和欲望事物。

原來，我從小就是個視覺系與文字癖。難怪至今，每次旅行，我總會帶回上百張拍攝招牌的特寫照片。家人都笑我：有自己入鏡的「到此一遊」照，屈指可數少得可憐；反倒像是個招牌製作師傅似的，到處採集參考樣品。

比如在歐洲，相對於大型廣告海報的浮誇，商店招牌的基調仍相當簡約。如果說廣告看板，是當代資本主義不斷擴張下的視覺常態；那麼招牌文化，其歷史更可溯及中世紀城鎮的庶民生活。

當時，少有人識字，各類行會工坊就在門口掛起一塊圖板或鐵片，讓大家望牌生義，知道這店裡提供什麼服務、製作販售何種物品。

物裡學

這類帶有執著工匠遺風的素樸招牌，在地球另端的京都街巷也為數眾多。木板塊上，用毛筆蒼勁或娟秀地書寫著家傳數代的老舖店名，有時甚至還繪著帶有神聖光榮感的家徽。他們多半不懂、也不需所謂品牌策略，一塊歲月斑駁的招牌，足以行銷一切。

然而許多時候，我的物欲竟也在按下快門的瞬間，就滿足而消散了。古老美好的店招把我吸引過去，希望我入內購買，但我卻只「帶走」那塊招牌，即便是一張照片也足夠。彷彿我欲求的，僅僅是符號最外層、簡單一串命名、或一個圖案之類的象徵；而與消費的實體、內裡無甚關連。

有時我會覺得不好意思，沒給這些店舖半點物質回饋，卻帶走了人家的名字和門面。再自私怪癖的旅人也得盡點作客義務，於是就入內挑點小物。

話說回來，當日子久遠，小物們或藏或散或忘，記憶不復鮮明；但只要我重新瀏覽這些旅途中撿拾的招牌剪影（背景也許襯著藍天白雲，抑或是昏黃路燈），街道的樣態隨即浮現，散步的身體記憶如此清晰。

除了招牌，我也愛塗鴉，尤其是覆寫在公權力符號上的。那些政府立下的標誌，告訴你這裡請勿如何、或那裡嚴禁如何，不然就是命令你現在應該

如何等等等。諸如此般，單向的治理規定對人們來說毫無協商空間，塗鴉其實是爲它作註、甚可說是某種美化。比如說，在「STOP」下面加寫一個「WAR」、在圓形的禁止標誌上加個：）的微笑。

相對於上述標誌，嚴厲體現治理權力；商業力所豎立的招牌，有時還帶著較幽微的隱喻趣味。

從早期的單純表意（告訴你這裡賣些什麼），到日漸重視的氛圍營造（讓你感覺那裡有種什麼）；設計投入與巧妙包裝，逐漸轉化招牌原來單向的訊息傳播，讓視線掃過或停佇的行人，投射出自己的主觀感受，而產生了雙向溝通。

誠然，招牌對人們視覺的侵佔絕不溫柔，但它畢竟心機用盡——透過簡約而到位的符號呈現，使勁對來往行人施展著「軟權力」（soft power），看似文雅、其實猛烈地爭奪大家的青睞。

不過這樣的描述，顯然必須排除香港。尖沙咀層疊相連的招牌奇觀，舉世少見。在地狹人稠的市場叢林中，混亂就是唯一秩序。

尤其入夜後霓虹閃爍，在滿溢的感官刺激中，我總在大街上暈頭轉向，彷彿置身於一台超大型柏青哥裡。彼時，所有的招牌全都糊成一片，根本無從指認區辨。

我不禁懷疑，如果出生在香港，自己還有辦法對著這漫天的招牌景觀，咿呀學語嗎？

物裡學

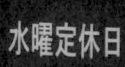

FRAME
TER WORK
VE DANCE
NESS | YOGA | BARRE |
ATES | DANCE | TRAIN
moveyourframe.com
SECOND SHIMMY THIS WAY

helmets 1.2
PEOPLE
自動車・原付
この先100m

ALBUM OF THE MONTH
TOTAL CONTROL
FOLLOW US @ROUGHTRADE
ROUGH
TRADE
EAST
TOTAL CONTROL

熱帯魚・金魚
川魚・水草・器具
観賞魚の店・・・なおし
☎3429-3295

文化湯
月曜定休

家專裁女
装女
43557

無印良品 MUJI

近年，把「無印良品MUJI」，定調為「具有典型日本性格 (Japanese-ness)」的講法（比如，將其簡約素樸的設計風格，與傳統的虛空禪學或留白美學扣連起來），幾乎成了一種無庸置疑的通俗論述。而自己身為 MUJI 的愛好者，原先也接受了這般詮釋，但最近，我卻開始有點懷疑。

把某種受到市場歡迎的成功設計，簡單化約於出產國的文化內涵，就像過度放大了創始者的英明遠見、或資本家的精心算計等，對一個社會學家而言，其實都是不可承受之輕。或許，所有不斷將「無印良品」本質化成「日本風格」的說法，其實都只是一種後設的論述，一種我們對某個美好世界的想像投射。

正因為在日本或其他發達資本主義社會，無印的良品（無品牌的好東西）其實難以生存立足，「無印良品」才能逐漸成為有對應召喚力量的符號，把大家都給吸引了進去，並且共同參與營造屬於它神話的行列。然而弔詭的是，真實日本一點也不無印（多數人相當迷戀品牌）；且良品的代價越來越不便宜。

加拿大科幻小說大師、也是「網路空間」（cyberspace）這個字的創發者威廉‧吉布森（William Gibson）就曾說：「MUJI是一個最能具體說明虛擬世界之真實價值的典範，因為它持續展現著實際上並不存在的日本」。

他本人自承，相當迷戀「無印良品」的牙刷等各類生活雜貨。在2003年他的第八本小說（也是他首次以當下世界為背景）《Pattern Recognition》裡的主角，更是個對時尚品牌極度敏感、卻只願穿著無印之衣的獨特品味人士。

事實上，在1980年誕生的無印良品，和現在我們所消費的「無印良品」，也已經產生根本上的、甚至是自相矛盾的變化了。

其原初的概念，是藉由簡化生產過程及省略行銷活動，嘗試製造質好卻低價的商品。「有理由而便宜」，是當時的首創文案。所以，一開始的確是幾乎「沒有任何設計」的樸質用品。

在那個日本迎向泡沫經濟榮景的年代，都會中產階級以「填滿再填滿、包裝再包裝」的炫耀性消費來彰顯自我、定義美好。人們普遍認為：「少即無聊」（less is boring）。可以想像，「無印良品」大膽訴求以內容本質、用未經漂白的淡褐色素紙作為標籤及包裝素材，其實是場「少即是多」（less is more）的觀念戰役。

十年後，「無印良品」為自身贏得了作為一個強大品牌的位置，但卻相當程度地輸掉了自己樸素的原創概念。它從「真的沒有設計」轉變成「設計中的設計」──一種讓人們以為簡單設計的複雜設計。「少即是多」則確立為一種新型態的分眾訴求，與初始的素樸構想開始分離，從而長出「與日本美學契合」的新論述。

「在一無所有裡，蘊含所有」，設計大師原研哉這麼概括形容「無印良品」；在我看來，這其實既是頌辭又是警語。此意志體現於品牌的經典海報──什麼都沒有、就只剩一望無際的地平線和一個微小人影──這簡直就是廣告的極限。

廣告裡所有的物件消失了，只剩下「無印世界」這類烏托邦的想像，幽微地經由讚嘆的凝視，進駐了我們身體。

不再是眼花撩亂的物及其台詞，「沒有符號」就是唯一的符號，虛構即真實。「虛／空」（emptiness）的意象是只超大容器，極具誘惑力，讓人掏心掏「費」地，DIY將個別欲望灌注其中。

最終，「無印良品」四字不只是名字，更是關於行銷工作的全部。而消費的我們，其實都是幫「株式會社良品計劃」完成文案書寫的員工，只是我們非但沒領薪水，還因此花掉了薪水。

小玩意 knick-knack

畢業的學生來訪，坐在我工作室裡左看右瞧，他們笑說：「老師你這裡的小玩意好像又變多了！」這話的對象物，顯然不是擠滿了櫃架的書本和唱片，或者老樣子既無變換也沒增添的家具設備；而是，那些散佈在不同角落的「小小某物」（little something）。

比如，一排擬仿東京地貌的積木、一隻身穿英國學院毛衣的泰迪熊、一包哈瓦那生產卻名爲「羅密歐與茱麗葉」的香菸、一塊一九八三年製任天堂棒球遊戲卡帶、一只「武藏野市境南町五丁目」的生鏽路牌、一本僅有一點五平方公分的迷你法文版《人權宣言》、一片被我押在百科全書裡（日前才驚喜「出土」）的布拉格楓葉……

還有些：造型不一、但都不再走動的時鐘；或國籍不同的飲料空罐；或上了發條就會喀吱喀吱緩步前進的鐵皮機器人；或設計精巧、不捨丟棄的包裝紙盒；以及一堆人家送的「鴨子」小物（只因我的網路暱稱有個鴨字）——過期的鴨型餅乾、不香的鴨型肥皂、斷裂的鴨型鑰匙圈、甚至是沒裝電池的鴨型按摩棒……

物裡學

「小玩意」是種可愛又狡猾的泛稱——一個邊界游移且意義漂浮的括弧，收納了所有在此時此地沒有明確名字與實質效用的小東西。

它們之中，有的是曾經風光而今過了賞味期限的老玩具、有的是本來該將腐朽的自然物或廢棄的人造物、有的則是銘刻著個人美好或哀傷記憶的象徵物。

對我來說，它們大多數不是刻意找尋的，只是剛好遇到罷了。這些小玩意不約而同欠缺市場行情，可能連拿去網拍都乏人問津。它們總是散漫無章，東一撮、西一塊地與小塵埃為伍。沒有系列感和價值感，缺乏理性歸納的秩序，是小玩意之所以不能稱之為「收藏品」的特徵。

就像電視節目裡的收藏家，每每訴說他們努力追尋後，「總還欠缺了某一樣」；收藏的時態，似乎永遠指向未來，其本質是無止盡的匱乏：「就差那麼一點啊」。

然而，小玩意卻有著類似羅蘭·巴特論攝影的「此曾在」意涵——這刻我所凝視的它確曾存在那兒；它指涉著過去一次性的完滿，似乎足矣再也無欲無求。

如果機遇是隻看不見的鳥，四處飛翔尋覓下個停駐的肩頭；這些小玩意就是牠叼來給我們的果實，在某段人生旅程不經意的轉角，噹地一聲就出現在我們手上。小玩意也因此永遠離開它們各自的屬地，脫出它們原有的存在意義，和其他不同類別但同樣無以名狀的物件，共處在此時同一星系。

嚴格來說，小玩意也不是完全沒有功能，只不過那是一種加了引號、主觀意義上的「功能」，為了滿足我們心中某種偏執頑念。小玩意不提供任何客觀上的效用服務，卻因此得以被個我所重新而完整地佔有。

小玩意忠實而恆久地只為我的記憶、執念或奇想服務，即使暫時被遺忘一旁，它們始終都在。

布希亞說得好：「小玩意真正的功能性，存在於潛意識之中：這便是為何它會有這樣的蠱惑力……只要失去了具體的效益，物品便可被移轉至心智之用。」

看來，無所用就是小玩意的大有用，這或許是資本主義商品物用邏輯中，最微型的抗衡。

學生問我，身為一個受過人類學訓練的社會學者，為什麼要對既不人類學也不社會學的小玩意，如此嚴肅對待。我正經八百的回答是：因為它們其實深刻地體現著抽象的「文化」，投射出一幕幕人我互動的故事。

至於比較私密點的幕後告白則是：如果明白了小玩意自身的生命意義，我們就可以不用再害怕睹物思人。畢竟，可愛的小玩意連結了人，卻從不背叛人；它們或許是如雷諾瓦（Pierre-Auguste Renoir）所言，「痛苦會過去、美麗留下來」的證據吧。

物裡學

閱讀之物

「他愛書的氣味、書的形狀、書的標題。他愛手抄本裡陳舊無法辨識的日期、怪異難解的歌德體書寫字，還有插圖旁的繁複燙金鑲邊。他愛的是蓋滿灰塵的書頁──他歡喜地嗅出那甜美而溫柔的香。」

──福樓拜（Gustave Flaubert, 1869）

書架 bookshelf

從前當我還是學生，去找教授討論時，最喜歡老師說「請再等一下（或我出去一下），你可以先隨意翻翻書哦」；現在我的學生也是如此。尤其是兩三個一起來訪，我發現他們不免竊竊私語，就像當年我總愛從書架上的種種，揣想教授的喜好、偏見、思想、欲望、理想甚至妥協。

畢竟，對於像我這樣一個一輩子都將與書共處的人來說，所謂的自我，其實全都攤在書架上了。

書架，既是書籍棲息安居的住所，或展演自身的櫥窗，也是書本彼此既協力又競爭的平台。太單薄的書需要書架，才能與其他書相倚站穩；太厚重的書也需要書架，否則缺乏壓制容易受潮膨脹。

而大半時間，書都靜靜待在架上，像派對裡的一群「壁花」，同病相憐而不願落單，無限期等著讀者前來邀舞。

至今我仍常想念起劍橋大學的總圖書館，過多的藏書量，使得書架不得不

以一種接近極限的密度排立──上頂天、下貼地，間隔走道則得側身。孤獨的研究者穿梭在這座巨型迷宮，必須轉動書架旁的計時器，微弱燈光才短暫喚醒無人聞問的書們。彼時，塵埃粒子輕舞如朝霧，舊書氣味令人既迷醉又惶恐。

書架始終是書最忠實的守候。它牢靠地支撐起書的存在位置，卻又如此宿命只能當個配角。無論在圖書館或書店，人們真正在意的，從來不是書架，而是填充它的書。

我們鮮少凝視書架，即便在自己書房。或許除了一開始，見過其空盪的全貌，但放上書後就再也不曾細心關注。除非，哪一天它垮了。

換句話說，書架的意義只能由書來界定，彷彿它的生命是借來的。況且，人多半也只對書有感情，因此它總被遺忘。若說還有什麼比書架更幽暗孤寂的事物，那大概就是和它靠背相倚的牆吧。

我研究室架上的書，中、日文是直立，而西文則橫排。我喜歡這種垂直與水平、交雜錯落的視覺感（據說中古世紀歐洲修道院裡，曾爲了收藏古希伯來經文捲軸應該直放或平疊而爭辯百年）。自己雖然不是一個可以忍受凌亂的人，但我同樣無法接受過於整齊劃一的書架風景。

也因此，我的藏書分類方式，與圖書館學毫無關連，全然是私密需求的任性而爲。我常玩笑地說，如果一個指導學生能解讀分辨這奇怪的排列邏輯，我們之間應該就會有不錯的論文合作關係，甚至也有可能成爲氣味相投的朋友。

有陣子我申請了一個網路書櫃，可以把我卽將、正在或完成閱讀的書籍資料，全都上傳，放在雲端供自己搜尋管理，也與別人分享交流。但沒多久我竟意興闌珊了，或許因爲它實在太過理性、效率、工整，以致於缺乏書架與人的互動關係，一種挖掘、翻閱，或堆疊、組合的勞動樂趣。

就好像，我從不憂心電子書會取代紙本書——只要睡前床邊閱讀的習慣仍有助於香甜入夢；只要舊書的氣味、翻頁的聲音、書脊的手感、封皮的視覺，以及緊緊守護這一切幸福細節的書架，對我們仍充滿魔性的召喚。我相信，書架和書們，仍會繼續不斷地，朝水平和垂直方向，無限蔓延。

物裡學

書，溺水曬乾的 drying books in the sun

研究室淹水那天，助理和學生熱心來幫忙搶救。地板賣力擦乾、椅套趕緊脫掉、印表機和筆電移走送修、糊掉的文件只能丟棄。這突來意外雖令人錯愕，但總得冷靜應對。好不容易清除積水，回神拿起一旁濕漉漉的書本們，無法翻頁地全都黏搭在一起，每本都癱了。突然，我的眼眶竟也莫名跟著濕了起來。

顯然我沒辦法在那當下，輕鬆灑脫地說：這書毀了，要不就丟，否則再買亦有。書從來不只是一個物；而泡水的書，也絕不等同於浸濕的木板地、沙發椅和印表機。那一刻，我如此清楚意識到，自己沒辦法不把書擬人化看待。而且他們的的確確像友人般的存在。

在這個集體溺水的隊伍中，有的是陪我飄洋過海旅行萬里、或曾就著枕邊微光一起竊語的老同伴；有的則是剛來到這私密小天地、才開始和我認識交談的新同學。

他們之間有人說著英語、日文、繁體或簡體的中國話；但此時一身臭水、誰都開不了口，也不再各自表述，橫豎都成了受災共同體。

而我的心疼，與其說是不捨他們在表面、物質層次上的損壞；不如說，是因為書本來到我身旁或住進這書房裡後，我們已或深或淺地，在彼此的體內進行「再寫」的工程。一次又一次地，我在書上畫線、註記、讚嘆與詰問；而同時，他們也在我腦海中不斷激起波瀾、在心田裡反覆灑下種子。

所以，當那些在我不同人生階段所留下的各色線條、鋼筆小字，因書頁的浸水而迷離模糊；當原本寫入我身體——這些書裡的隻字片語、乃至各不相同的紙質觸感、新舊氣味，全都扭曲而潮腐；龐大的失落感，我實在無法與人詳細說明。

顯然，遭水淹蝕的，除了那三、四十本書，更包括我自身的記憶。

還好絕大多數的書安然無恙，靠著牆，在難忍的潮霉氣味、與除濕機隆隆作響中，暫時靜默等待。書架的下排明顯缺了一塊，是這十坪空間裡最寂寥的災後地景。即便只是百分之一的書落水待救，也足以讓原本並立依存的若干書，無所倚靠。在架上安好的他們，遂孤伶伶倒了下來。

274 書，溺水曬乾的

曬書是一項看似容易、其實麻煩且需細心照料的工作。冬陽暖暖是不幸中的大幸，確保了這儀式的開展順利。我們怎也無法讓濕透的書回覆原貌，只能祛除附著在他們身上的惡水晦氣，讓他們重新過渡到一個新的生命階段——仍舊可翻可閱，儘管面貌和身形已然改變。

就物質原料而言，書大抵是一疊紙的集合體，但很顯然，那並不「構成」書之所以為書。世上的每一本書，都有各自清晰的身份。這不只取決於其專屬的國際標準書號（ISBN），以及版權頁所載明的獨特事項。也因為一本書同時還可能是：一首歌曲、一頓宴飲、一個空間、一段歷史、一場戰役、一回妥協、一種想像、一輪回憶、一趟旅程、或一次毀滅……

我重新扶起那些失了倚靠而倒下的書們，順便拂去薄薄的灰塵，排列整齊，使之恢復奕奕元氣。

走到陽台，察看曬書狀況。午後日光，如無數精靈般降落、並迅速帶走書裡點滴水氣。微風徐徐，漸乾的紙頁啪啪輕響，每一本書如此獨特的生命重新甦醒。深呼吸，我伸了懶腰，感覺到，他們又開始向我說話。

物裡學

書，不合時宜的 inopportune books

有沒有想過：像是「這孩子很會讀書」、或「他書讀得不太好」之類的說法，隱含什麼問題？其實這樣說的大人，心裡想的多半只是考試成績高低的評比，但在表達上卻用「會不會讀書」來區辨。顯然這社會的多數人都有一種認知框架——讀書等同於為考試而讀的苦差事，會讀書也表示你將進入「成績好的學校」。

於是很多會讀書的學生，其實並不愛讀書，他們只是比較乖巧認真或聰明伶俐（然後考運不致太差）。相反的，愛讀書的孩子，卻可能被判定為不會讀書，只因為他愛讀的書不在考試範圍。許多家長和老師接著說，不要讀「閒書」、「無用的書」，這些不會考，浪費時間。甚至，某些書還被認為有害，「讀了會變偏激或想太多」。

這套代代相傳的思維與教養模式，已投射出一種高度扭曲的（不）閱讀文化。這種文化裡的人們即使平均學歷還不錯，但始終沒有形成一種習慣讀書、或說單純興味讀書的文化。讀書在此不過是工具、是手段，從來沒有成為目的本身，更遑論，能親密地和身體五感聯覺在一塊，好好私密對話。

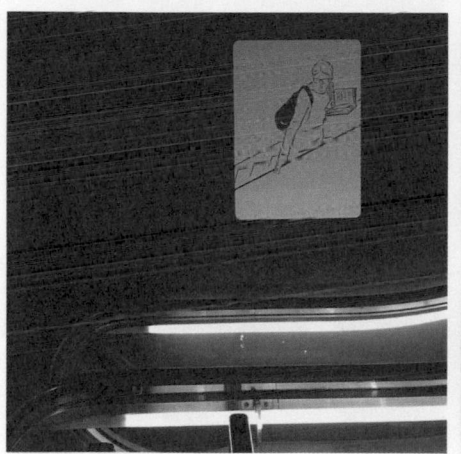

物裡學

讀書也因此脫離了自我範疇，變成某種連結或滿足社會關係的事情。小時候讀書，爲了達成父母師長的期望，或爲了考試贏過同學的虛榮；長大後讀書，則爲了獲取文憑，繼而以此找到工作。

是故，許多台灣人離開校園後，就愈來愈少認眞閱讀了（因爲不再有「需要」）。頂多，當他所處的圈子或大社會開始流行起什麼，彷彿沒跟進閱讀就會失去社交話題，這時候，才會捧起書本。

「暢銷書」之所以能製造出富者愈富的社會基礎，莫過如此。就曾經有出版社，抱著賭一把的心態，學習過去某些唱片公司不惜重金「買榜」，讓自家作品在上架初期就能衝進暢銷榜單，給讀書不是爲了自己而是社交的人們，一個買書加入流行的焦慮理由。

作爲一個愛書人、編書人、寫書人、教書人，從過去現在到未來，我始終都是活在各種印刷出版品堆裡的書蟲。於是我鼓吹的從來不是某種閱讀潮流，相反的，是關於書的不合時宜。

倘若我們眞要重新定義閱讀，在網路時代亙古恆存的價值，那麼就從書的「無用之用」（不爲了他人或什麼特定功利目標而讀，就只是享受讀這個無

用動作本身），延伸到書的「不合時宜」性（不爲了此時此地必須跟進什麼集體需求而讀，反倒可以藉由書本任性自在地超越時空框架）。這大概就是閱讀最終極的意義吧。

回想自己人生第一次不合時宜的閱讀，應該就是小學二、三年級，在外婆擺攤市場一角的漫畫租書店，看了一套手塚治虫的《火の鳥》。這部探討生死哲學乃至人類命運的經典，透過奇幻有時略帶殘忍驚悚的敘事及畫風，對一個才八歲的小孩來說，實在有點「超過」。

我當時因此做了惡夢，記得跟漫畫裡長生不死、卻也求死不得的恐怖處境有關。奇妙的是，那些詭思幻念，關於永存與失去的想像，完全把我吸了進去，比平常在看的電視卡通還要著迷十倍。

到了國中，當多數同學的身體，都被升學主義動員成一具具考試機器時，我竟然以圖書館裡的《康熙字典》當作「界外」的閱讀（因爲它看起來貌似正經，當然不會被查禁沒收）。我好像在跟自己玩一個只有一人參賽的長期遊戲，每天挑戰記誦一頁不認識的古典字辭。

雖然考試完全派不上用場，但我卻因此很自嗨地寫起了對仗複雜的駢文。

不爲了什麼，純粹好玩、自嗨。

高中的不合時宜閱讀，終於呈現大爆炸狀態，脈絡上呼應連結了台灣解嚴後奔放的社會力。我幾乎和課業脫節了，成績一落千丈。書包裡再也不裝考試用書，但小說、詩集、哲學思想書，卻飢渴地一本接一本啃讀。

某次在重慶南路挖到三冊一套（貌似言情）的小說，相當大原因是封面的兩個女性裸體，與快速翻閱發現裡面不少色色的場景。作者是當時沒人聽過的村上春樹，甚至連譯者都未註明。於是，對我和一整個世代都影響至鉅的《挪威的森林》，就這麼意外莫名地降臨我的世界。

又比如進大學後，我曾在學運社團開會時白目地偷看《動物農莊》，內心驚恐於歐威爾對革命權力墮落的諷刺如此犀利寫實。我的人生好像從此就一直維持在「有那麼一點違和」的基調──總是既在某個圈子，但又無法真的在裡面。

甚至到了劍橋留學，被我用來抵禦無盡冬日淒風慘雨的讀本，不合時宜的竟然是幾本快被翻爛的安達充漫畫。在空間上，它帶我返回眷戀思念的日本巷弄；在時間上，則把我繼續留在熱血青春（總也帶點恨然）的尾巴。

真的幸好有這麼多不合時宜的書本相遇，包覆著我，使我不致墜落於殘酷現實而粉身碎骨。謝謝它們賦予我任性馳騁的翅膀。從此，我得以想像人生不用亦步亦趨、或活得工整規矩，擁抱不合時宜才是自由大道。

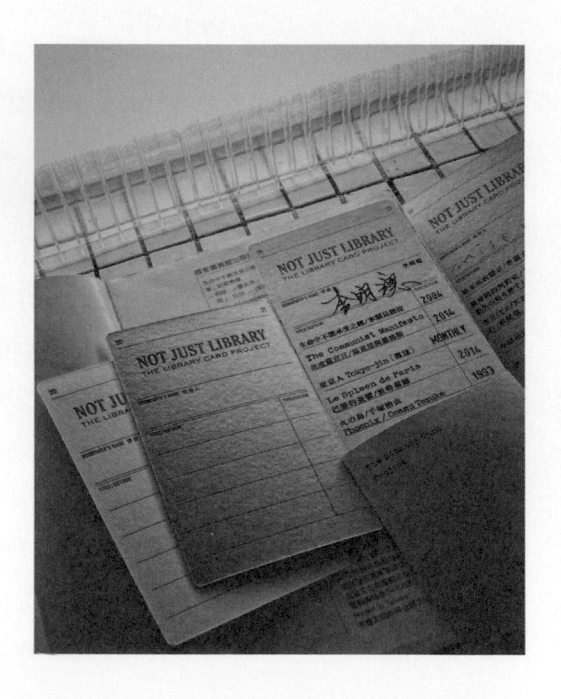

物裡學

過期雜誌 outdated magazine

把一部分收藏雜誌，從工作室運回老家，一箱箱重新上架，主題與內容都很殊異——從硬派的研究評論、全球的影音資訊、前衛的藝術創作、深度的旅行文化、乃至不同的生活風格，等等等。

耐人尋味的是，家母對我數量更驚人的藏書沒太多意見，倒是一直疑惑碎唸：「雜誌如果看過了為什麼要留著？」我想應該不只她會這麼想。相對於書本，定期出刊的雜誌，似乎有一種較明確的賞味期限。多數人會假定，過了期的刊物，缺乏被反覆或重新閱讀的價值。

反映在市場價格上，一本書即使十年前出版，尚未被翻閱它就還是被當成新的，售價不變。除非是已被讀過才轉售的「二手書」、或因小瑕疵退回倉庫的「回頭書」。但「舊」雜誌的定義卻不是如此，彷彿只要封面上的出刊時間成了過去，就很難再用原價流通，甚至等著被腰斬進到舊書店。

人們對書與雜誌的生命週期，顯然有很不同的理解，而這也正是家母為什麼不過問我氾濫成災的藏書，卻對那些「雜誌收藏」感到不解的認知框架。

我隨手從架上拿出幾本，告訴媽媽，有的雜誌其實愈過期愈值錢。我每次在東京神保町以瘋狂考古姿態，挖出土的各類舊刊，無論是九〇年代的《東京人》或八〇年代的《広告批評》，乃至某些小眾化或學院派、早已停刊的雜誌，售價可能都比當時定價還高（更遑論以前物價相對比現在低很多）。

尤有甚者，像是 2005 年創刊的《風とロック》（風與搖滾）月刊，每期封面都印著斗大的「0 円」，但後來停刊反而洛陽紙貴，太多人想收藏了，以至於現在就算你肯花一千日幣，也一本難求。我偶然挖到了 2010 年 11 月號，是松山研一在海釣的封面。

當然，如果是松山的粉絲肯定要好好收藏。不過我不是，卻甘心花五百日圓買下，實在是整本雜誌的氣質太任性自由了，令人心嚮往之，反覆翻閱仍感暢快。總頁數 33 頁裡，有 26 頁都是松山研一在釣魚的單頁滿版或跨頁照片，而且是很低傳真的粗糙風格，搭配著主編兼攝影、採訪與設計的箭內道彥，所寫的閒談紀錄。

氣場這麼帥的雜誌，誰還管它是不是過期（當初根本免費贈閱）。後來，我甚至因此跟進買下箭內道彥拍這雜誌系列照片的写真集。這就是屬害雜誌的魔力啊！只要內容企劃能力強大、風格足夠鮮明，它不但沒有賞味期

物裡學

限，而且還能延展成書的規模，無論是出回顧合訂本、或者拉出圖文專欄獨立成冊，乃至推出「復刻版」——把年代久遠的某期雜誌直接重版出來。

大師篠山紀信在《BRUTUS》長期連載的〈人間關係〉攝影專欄，每一期都安排兩位有連結或有反差的人物碰面對談，然後拍攝場景、角度與姿態則由篠山特別設計。後來這系列彙編成不只一本寫眞書，紀錄了這些人物的曾經樣貌，也跨時代地留下了相關場景珍貴的歷史影像。

1980 年創刊的《BRUTUS》，與它的兄長雜誌《POPEYE》系出同門，而《POPEYE》又脫胎自女性時尚雙週刊《an. an》給「新城市男孩」的別冊。1976 年夏天的創刊號，以大力水手卜派爲封面，直接引進了美國加州的西岸生活風格。

這股雜誌熱潮，相當程度改變了日本新世代，從穿著打扮、運動休閒、視聽文化等各方面的消費品味和興趣方向。四十年後，此本創刊號竟以復刻之姿重版出來，翻開每頁都是復古與新潮交織的驚喜。

還有一種不走考古挖掘路線，而能重返過期雜誌並好好收藏它的方式，就是合訂本。一般來說，合訂本是指未經重新編輯、直接將某年份各月號集

結成冊的作法。比如由資生堂發行的著名刊物《花椿》，逐年一列排開的合訂本，絕對是百科全書等級的時尚大補帖。而且雜誌比書更能清晰對應的季節性與時代感，在時間遞進的瀏覽中，感受特別鮮明。

最後比較令人感傷、但也因此彌足珍貴的合訂本形式，則是經過特別分類挑選與排列組合的停刊雜誌彙編。由香港三聯書店發行，知名文化人呂大樂（也是香港中文大學社會系教授）主編的《號外三十》就是一例。

這套合訂本分成〈人物〉、〈城市〉與〈內部傳閱〉三大輯，在前言裡宣告著1976年創刊（跟《POPEYE》一樣）的《號外》，三十年來跨越政權交替的焦慮不安、與現實磨難，香港人是如何勇敢積極地，要探索重塑屬於自身在地的文化和認同。

翻到〈人物〉本的 277 頁，標題寫著「他說這是他最後的一篇訪問」，搭配一張沒有清楚露臉的朦朧照片，時間是 1990 年九月，他是張國榮。接下來的五頁文字，句句睿智瀟灑，卻也令人揪心唏噓。我想，反覆重翻雜誌的理由，全在這裡面了。

MOOK

我是紀伊國屋書店的會員，購買日文書籍和雜誌有不同折數的優惠。然而有趣的是，在結帳時經常會出現一個問題：這本既是雜誌卻又像書的出版品，到底要歸屬何類？

其實很直白，「雜誌書」就是它的混血稱呼，日語叫ムック（MOOK），亦即 magazine 合體了 book。別以為這是晚近二、三十年才出現的時髦玩意，雜誌書在日本市場很早就締造了獨步全球的驚人記錄，而且有著宛如五星主廚沙拉的精彩底蘊。

史上第一本近似「雜誌書」的誕生，並不像晚近 MOOK 多半訴求生活風格、時尚品牌或消費情報等軟性主題，竟然是相當嚴肅、兼具新聞報導與史料收藏價值的內容，並因此掀起一場出版革命。

1923 年日本發生了關東大地震，死傷無數，舉國重創。成立於 1909 年的講談社（當時原名叫「大日本雄辯會」），憑藉其 1911 年創刊大眾文學雜誌《講談俱樂部》極為成功的經驗，卯足全力在一個月內完成編輯與印刷

作業上不可能的任務，製作出一本名爲《大正大震災大火災》的「雜誌書」。

書刊的封面令人怵目驚心、卻又忍不住凝神細看。原來這頹倒於一片火海地獄的城市景象，竟是由享譽國際的近代繪畫大師橫山大觀所作。書裡則包括八十頁的災難照片、與超過三百頁的報導文章。

儘管當時並沒有任何類似「MOOK」這般的新潮命名，但一本既像雜誌又是書籍的出版物，著實立下了嶄新里程碑，包括它的發行量高達四十萬部，更打破了書籍與雜誌分屬不同通路的市場限制，亦卽讓前者得以廣泛利用後者的販售管道，迅速深入全國各地。

擁有此一無遠弗屆的傳播影響，無怪乎講談社在戰前便有「私設文部省」（意指「地下文化部」或「民間文化部」）的聲望。到了戰後，媒體與出版自由化，加乘大眾消費主義的興起，更是推促此類雜誌書日益蓬勃，尤其是抓住特殊新聞事件的時機，卽刻企劃，快速發行，吸引收藏。

比如講談社於 1959 年創刊的《週刊現代》，儘管在兩年後發行已破百萬本，但在與《週刊文春》（由文藝春秋出版、晚《週刊現代》一個月創刊卻後來居上）的激烈競爭中，編輯部必須不斷推陳出新、上緊發條，精準回應時事快速，做出一本大眾競相收購的雜誌書。

1970 年 11 月 25 日，文豪三島由紀夫發動政變未果而切腹自殺，震驚全球。不到三週，講談社以驚人效率出版了《週刊現代增刊：三島由紀夫緊急特集号》，豐富收錄三島的重要作品剪輯，及其英姿照片、事件內幕、相關評論、與各界悼文等。兩年前我在吉祥寺一家專賣恐怖推理創作的獨立書店，偶然挖到此書，僅售八百日圓，如獲至寶。

從這些故事，便可知講究企劃編輯能力、圖文並茂的雜誌書，在日本近代社會中一直是擁有巨大存在感的。

據此，延續到 1980 年代生活風格雜誌的大爆發、與各種都會次文化新族群的雨後春筍，大眾消費逐漸裂解成分眾品味，這也使得「雜誌書」不再只是嚴肅回應新聞話題，更朝向百花齊放「情報誌」的新趨。

新一代 MOOK 的誕生，在晚近三十多年逐漸脫離了「作爲既存雜誌的增

刊、特集或別冊」等設定，無數可能性被激發出來。根據出版科學研究所統計，日本 MOOK 的新刊數量，從 1995 年的四千多筆，一路攀升至2013 年的近萬筆、創下歷史高峰。而這不正是 iPad 橫掃全球、大家都預言紙本雜誌快被消滅的同一時點？！

寶島社，毫無疑問是2010年代MOOK推陳出新的關鍵旗手，代表作為「附贈名牌包包的 MOOK」。

就算被文化界嗤之以鼻，陳列在架上也令老派讀者感覺違和，但如果你知道，當 2016 年日本雜誌銷售總額創下四十年歷史新低的時刻，這家出版社卻靠著贈品策略遙遙領先業界，囊括超過四分之一的時尚雜誌總市佔率，你肯定會對如此變種書刊的市場能量刮目相看。

而且弔詭的是，「買刊送包」（也可說是買包送刊啦）的奇招，不僅讓出版社逆勢賺錢，甚至還緩解了實體書店的營業窘困。

因為這些名牌包包都是隨書附贈的限量品，即便連該品牌的零售通路都買不到，這意外吸引了原本不逛書店的人走入書店。紀伊國屋甚至在全國各店都架設起「寶島社 MOOK 專區」。

進一步說，寶島社大開外掛的結果，其實是讓出版產業在數位夾殺中，殺出一條新奇血路。原本的時尚雜誌編輯們，開始不只製作書刊，他們更與國內外品牌緊密合作，憑藉著市場嗅覺與企劃技藝，讓既有商品合體MOOK，產生誘人可口的新氣味。

從雜誌書到 MOOK，從新聞紀錄、生活風格、多元文化到品牌經營，這種沒有類型框架、始終在路上、積極回應著時代課題或消費慾望的混種出版物，還有太多有趣故事，和創意想像的無限排列組合。

物裡學

書，無限蔓延的 spreading books

「房間堆滿報紙、雜誌超過二十年，地板終於承受不了重量而崩蹋！連房間的主人都被紙張淹沒，還得仰賴搜救人員救出。這場罕見的意外發生在東京都。多到像座山的大量藏書如雪崩般滾滾而出，布滿在五十公尺寬的道路上，造成附近居民困擾……搜救隊和消防隊員接力地將雜誌不斷挖出，整個救援作業整整進行了兩小時！」

這段摘自《產經新聞》的報導，出自西牟田靖所著的《地板會被書壓垮嗎》。我讀到時竟笑了出來。想像自己是個導演，會很想拍出「大量藏書如雪崩滾滾而出」的魔幻感、然後是主角被紙本淹沒仰賴搜救隊將他挖出的荒謬橋段。

並非幸災樂禍，我之所以笑其實基於某種同理——身為一個重度紙本收藏者肯定會懂的熱情、偏執、與風險。多數人大概很難想像，愛書成癮者散居在各個城市的角落，可能比捷克小說家赫拉巴爾（Bohumil Hrabal）所寫《過於喧囂的孤獨》故事裡離群索居卻又翱翔宇宙的主角，還常感到真切的兩難焦慮。我總是傷著腦筋，該如何收藏或捨棄這些印刷品。

物裡學

家裡的書房、臥房與客廳，這三個主要空間都堆滿了還不夠，書刊既像是一種攀緣植物不斷向四面八方蔓生，同時也像是根莖類植物，有著沈甸甸的接地重量感。

漸漸地，餐廳、走道、桌椅、沙發、衣櫃、床上、地板，只要任何足以容納書刊大小的縫隙，都可能一不留神，就會如雨後春筍長出一根「書柱」。

於此同時，蔓延的書刊，對應於書櫃制式的擺設邏輯，也不得不持續各種實驗和演化。一開始很正常，書就是直立排排站，直到它們頂上開始出現水平橫進的夥伴。而後從寬鬆餘裕，逐漸變得緊湊。

還沒結束，接著是每一個書格前緣的空間也慢慢有書進駐。換句話說，之前擺放的書刊，就這麼隨著時間推移而被「裡層化」了。

為了節省空間，書櫃外層改用水平堆疊。等一路上疊到書格頂端，若左右還有側縫，就垂直再擠個幾本。總之，設法讓每個書格，達到一種貪婪者去吃到飽、要把沙拉碗盡可能塞到「滿出來卻不至掉下來」的絕對狀態。

這狀態坦白說是讓愛書者心情矛盾、甚且有點哀傷的，畢竟你再也無法好

好擺設陳列這些美好作品，像那些討喜的優雅文青書店一般，把書封立面當畫作展示。但轉念一想便覺無妨，因爲這一切早已超越「對他人展示自己收藏」的臨界。

我發現與年齡歲數成正比的書刊藏量，反而讓自己變得愈來愈無法輕易建議他人，關於這座層層堆疊、亂中有序的城堡，到底什麼是「必讀必看」？

更遑論，要如何與人解釋清楚，這裡頭又有哪些有趣的機關通道，讓沒有關係的人事物，朝著自體串連起來；也讓存在某種既定關係的人事物，重新發生化學變化。

相反的，宛如藤蔓無限延伸（這實在是過於耽美的譬喻，其實說穿了不過就是個像疊疊樂遊戲）的書櫃，雖然在地震很多的生活裡充滿了瞬間崩塌的風險，但它所圈圍出來的空間，更像是獨處者每日任性、安身立命的庇護所。

這正是波特萊爾在《巴黎的憂鬱》裡，所描繪白天不斷迎向人群的詩人，最終都得在每個夜裡的一盞孤燈，贖回慌亂煩躁的自己，衆人費解（甚至連自己也搞不清楚）的自己。

「她可以完完全全一個人⋯⋯周遭的一切，全都在膨脹、閃光、作響和蒸發；身在其中，帶著一種蕭穆，縮成一個外人看不透的楔型黑核，縮成為自己⋯⋯她那自我，擺脫了一切羈絆，自由遨遊於最奇異的旅程中。」我非常喜歡吳爾芙此段生動極了的描述。

自己的房間，自己的書堆，自己的星系。

幸好可以蝸居在（即時隨時可能崩塌的）巨大書堆裡，我窺看著不斷展開又摺疊、再展開再摺疊的不同次元的銀河宇宙。何等難以言喻、壯闊又微細的風景。

物裡學

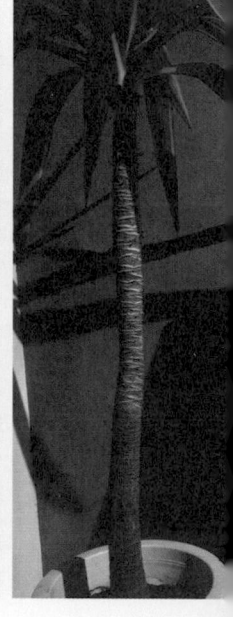

304 書，無限蔓延的

物裡學

「李明璁」 *Ming-Tsung Lee*

本篇由書房內古董時鐘代筆所寫，是爲後記。

滴答、滴答，一直以爲你會把我書寫進去，結果這本書就將結束，描繪了近五十個物件，終究遺漏掉我。卽便如此，還是老實盡責地報時。我並不怨妒（就算連近親手錶都已被你凝視側寫），畢竟是你從東京下北澤二手雜貨店的角落，把我從厚厚塵封中解放出來，並謹慎負重地背回台北。

我不只因此遠渡他鄉，更在你和朋友合力修復下，從不知已持續多久的沈睡中，悠然醒來。你接合鐘擺、上緊發條、調校指針，讓我重獲新生，不再只是徒有古董形貌的典雅擺飾。從此每個整點，都精神抖擻地噹噹作響。來訪的人總會因而感到驚喜，我知道，你和我一樣暗自有點驕傲。

在這個被你稱之爲「自體和物件所共同構築的微型宇宙」裡，我和繁多物件，像各自運行卻又彼此環繞的星子們。許多深夜，萬籟俱寂，就連唱盤中的音樂都睡去，甚至電腦也休息，只剩下埋頭讀書或抱頭思考的你，和散發溫暖鵝黃光線的燈。我是唯一的聲音，時間流過一切的聲音。

滴答、滴答，陽光午後的此刻，微風輕拂窗邊樹葉，窸窣、窸窣，輕靈慵懶如德布西琴音；而你，卻依然忙得焦頭爛額。眼看付梓在即，編輯催促頻頻，你卻還無暇分神提筆作跋，並為此緊張發慌，我可以同理，但卻無法為你暫停。

你已經寫了那麼多物，不如，最後一次，由我這物件越俎代庖地來寫你。是的，讀到此處的各位朋友沒有看錯，這篇文章的作者，並非封面掛名那個人，而是他研究室裡的古董老鐘，而標題一如往常的以物為名，這次則是：一個稱為「李明璁」的存在體。

其實在我還未醒來前，這裡已有多個時鐘，但無一活著。壞掉、沒電或根本是假的大小鐘們，聚在櫃子旁，與乾燥花和小鐵皮機器人一起，我們共同形成某種（偽）裝置藝術的氛圍。你總愛浪漫述說，自己收藏凝結的時間，彷彿因此就能封存美麗時光。不過你也清楚，如此苦中作樂的修辭，只是徒然對比出嚴酷的忙亂現實。

物裡學

滴答、滴答，我的存在既約制卻也順服著你的生活。真實的李明璁在這兒工作或休息、討論或獨思、分析或抱怨、歡喜或憂傷、夢想或懊悔……你經常過熱但也可能過鬱，一切都在此發生然後消逝，一切都無常卻又反覆。日子如海潮，浪起波平，循環不已。

有時人們問起：這發條鐘擺動聲這麼大，不會焦慮嗎？你說：習慣了，就不覺它在催促，反而是一種靜定恆在的陪伴。這就是你跟我們的微妙關係吧。與其說是物從屬於人、或人依戀著物；不如說，「李明璁」和眾物之間，是一種對望對映、照出彼此的鏡像狀態。

所以每一個物件的凝視書寫，就像是一次重新探訪自我的小旅行。表面上看來解析或詠歎著物，其實也在整理己身的記憶與想像。因為時間流過、空間交錯，我們這些物件的意義早已超過原始發明的物用。紛雜的符號象徵，是你生命中可以（也樂意）承受之輕。

滴答、滴答，在無數個腸枯思竭的時刻，身為物的我們，和你互相拯救。嚴肅對待創作必然是孤獨的，即使你常說自己沒有才華，總已盡力而為。你的人生和我的運轉一樣，終究是無法真正休息的；有時停頓下來，只是重上發條的準備動作。

印刷出版後的「李明璁」，轉眼終將成為過去式。至於真實的你、物件如我、還有各位親愛的讀者朋友，明天又是新的生活練習。

滴答、滴答……

從這裡，走進我的生命—專訪李明璁的書房行止

文／崔舜華　攝影／陳怡絜　　　原文刊載於《書香遠傳》第 153 期『聚焦書房』專欄

提起李明璁，近期最為人知的，或許是他頂著一頭捲髮、傾身勤詢市場攤販的身影。寫過《物裡學》、《邊讀邊走》，他對於閱讀的能量、行動與實踐，一向是無所不用其極地讓自己置身於「移動」之中。

但與大多數愛書人一樣，李明璁從年少時就對於專屬自己的一間書房，擁有高度的渴望與敏銳的自覺。而他如今呈現在鏡頭與談話之下的書房風景，也向我們展示著：那張面對這顛簸世界總是笑容以對的臉孔底下、披藏不露的細軟心思。

從工廠宿舍到男孩的書房

人與生活空間之間，往往滿溢著無數的經驗性與幻無飄渺的想像，除了客廳或浴室等眾用的實用性起居，一間濃縮了個體品味與自主選擇，孤獨的「自己的書房」，卻可以容納並揮發出無垠的思想幅線。

1970 年代初，在新光紡織士林廠中，誕生了一名熱愛思考、閱讀與教育的行動者，那就是李明璁。不過，在經歷自己的人生起伏之前，由於時代環境與雙親的工作背景，他從小便置身於不斷移徙的狀態。

「1970 年代是臺灣代工勞力非常密集的時期，黑手變頭家的例子比比皆是，和其他勞工一樣，我父親在石牌買了間小房子，打算自創事業。雖然父母都非常忙碌，但他們很快發現到，自己有個熱愛閱讀的兒子；在那間石牌的三房兩廳的公寓裡，我和妹妹各自擁有一間小房間，某層意義上，那就是我第一間書房。」李明璁說。

眼見孩子如此喜愛閱讀，李明璁的父母給予大量鼓勵與寬容，當他成績不錯，所得的獎勵便是家人一起去重慶南路的東方書局，任他從架上一本一本的翻讀、選擇喜歡的書。在那個沒有網路與 GOOGLE、沒有餘錢周遊列國的年代，閱讀就是這名少年與廣大無邊的世界之間唯一的想像連結。

「我記得小學三年級時，讀了許多名人傳記，不一定每段人生都是光明勵志的哦！譬如莫札特、凱撒、梵谷等等，他們一生都有點陰暗，卻啟蒙了我幼小心靈中對於音樂、政治、藝術的微光。又像是亞森羅蘋或福爾摩斯

的系列小說，早在我不可能知道自己以後會親炙倫敦這座古老城市之前，就已開啟腦中無數的奇思幻念——以至於二十多年後初抵彼處，親眼見識了泰晤士河深夜的大霧，反倒有一股似曾相識感，彷彿河上會有無名浮屍飄過將開啟某段熟悉的偵探故事。」

只要在那裡，書就是一切

「在 1980 年代中期時我讀國中，開始會蒐集喜歡的作家作品。一開始，房間的書架上都是九歌、洪範、爾雅的散文和詩集，很難想像年少的我因為醉心古典作品，甚至幻想以後要讀中文系、研究陶淵明，我甚至還訂了一本叫《國文天地》的雜誌。高中時因為搬家，那些書刊通通送掉了，或者更精確地說，朝向解嚴年代的我，產生了巨大的認同斷裂。我也更廣泛地去讀西方文學，像是卡夫卡、歐威爾、昆德拉，另外是當時仍被視為禁忌的魯迅的作品。此外，三島由紀夫、川端康成、太宰治、乃至當代的村上春樹，連結著黑澤明、小津安二郎、大島渚的影像，更是開啟我對日本文化的探掘。」

同時，正值青春氣盛的李明璁也博讀臺灣各家文學，如現代主義的王文興、鄉土文學的黃春明與王禎和，以及獨樹一幟的陳映真。這場猛爆性的

閱讀狂歡，在少年李明璁的心底推動一場革命、一種質變，從一本書聯結到另一本，緩慢、紮實而專注地讀著。

當時的書房，也開始呈現出其選書風格，牆上貼滿電影海報、架上夾雜國外唱片，而少年在其中心神蕩漾、神遊太虛。李明璁說，那種狀態其實有點迷茫，魂魄根本不在升學主義的框架裡，充滿自我意識的實驗與變革。

癡迷於文學的浩瀚星辰，高中時的李明璁開始大量地借書、讀書，而買書與藏書的質量也直線飆升。由此相對優異的國文成績，彷彿在大學聯考中擲出一條救命繩索——「高中時，我已經徹底長成一個滿腦子想搞革命的少年，以至於編校刊編到衝撞審稿制而差點被退學，還因此人生初次登上了新聞報導。同時藏書量也暴增，聯考時其他科目都考超爛，只有國文非常好，最後免於重考，僥倖進了輔大。」

從大學離家到赴英留學，再到回台任教，李明璁說，他始終居住在一個四壁皆書的廣義「大書房」內。現今，一路閱讀、研究累積的書籍皆搬回天母老家。父親辭世後，他希望能多陪伴母親。同時因為創辦探照文化，需要自己的工作室，書也跟著他搬了兩次，而老家的書房則越來越像書庫。

物裡學

就這樣經過無限的增生與繁衍，現在無論住處或位於大稻埕的工作室，都已成一座不折不扣的書屋──「我有時會特地回老家去掘書，但現在那裡空間也不太夠了，即使特別訂製了實木書牆，書依然從書房、餐廳、客廳蔓延到臥房，甚至堆到樓上的頂加。一般來說，書房是從家屋之中切分出來的概念，是一個獨立於休憩生活的機能性空間，相對的，我現在已不確定自己是否有一間一般定義底下的書房，還是，我根本有著一整座書屋──或者說，某座小小私人圖書館了。」

書房：流動往返的感官實驗

對於李明璁這樣一位永恆地在路上（on the road）的閱讀者與寫作者，書房本身即是一個流動而開放的實踐空間──「我覺得書房更接近一種隨時進出往返的狀態。在數位閱讀盛行的當下，閱讀行為產生前所未有的變革，讀書、觀影、聽音樂等都不再受限於文化資本，人人都可以用手機、平板電腦投身網絡，這是一場美好的科技革命，美好之處在於網路的發散性與無止盡往外拓展的連結幅員，但我同時卻也思考：在這樣不斷發散的過程中，我們的專注力會愈來愈少，好比二、三十年前，我得乖乖存兩周的零用錢才買得起一張唱片，聽一次絕對不夠，聽不懂就聽到說服自己為止，你會與各種文本去搏鬥、對話、詰問，凝神其中地聆聽作者欲言何物，

但對於 YouTube 上唾手可得的歌曲，人們連給它三十秒都嫌久。這份絕對的自由讓選擇本身的價值太輕盈而失去焦慮與體感，很難再有事物能讓人截斷日常水流、沈浸閱讀，心蕩神馳。」

以書為例：一本書的成形經過作者、編輯、設計、裝幀與印刷工多人之手，用最古典的技法共構出一個使我們沉浸（靜）其內的異世界，而這股沉浸感是當代人最缺乏者。李明璁說：「在數位時代，我們既需要發散與連結，也需要內聚和省察，所以是一趟趟不斷往返的狀態。而紙本書的重量、氣味、纖維手感，是無可取代的物質性（materiality）。當一本有扎扎實實物質性的書刊客體，透過細膩感官經驗，與我們的肉身主體相遇，這是網路媒介文本無法取代的美好邂逅。」

從書架上，李明璁挑了六本書，致全球籠罩疫情不安的 2020 年：「我選給 2020 年的閱讀關鍵字是生命與生活（life/living）。父親去世那陣子，我對生命的問題有很多思考，包括安樂死的選擇權、臨終醫療的問題，而這種種都歸結於——什麼是我們想要有品質的生命和理想的生活狀態？」

這六部作品為米蘭‧昆德拉《生命中不能承受之輕》、谷川俊太郎《我》、植田正治攝影集《沙丘》、韓麗珠《黑日》、諾伯特‧愛里亞斯《臨終者的孤

寂》、是枝裕和《宛如走路的速度》。對生命的本質與關懷,是其間共通的關鍵詞。

好比昆德拉永遠提醒他年少「人生不可輕易放棄想像」的初心;雅俗共賞的谷川俊太郎關乎大眾文化的關注和溫暖;《沙丘》提供一種現世中冥思空無的生趣;《黑日》切中他對香港的聲援關懷;《臨終者的孤寂》則出自社會學大師的溫柔回眸;《宛如走路的速度》則是李明璁《邊讀邊走》的致敬對象。

自詡為「書房控」,連 Instagram 都要追蹤世界各地愛書者的書房、書櫃或書店相簿,李明璁心目中理想的書房卻非表象視覺之美,而是機能極佳:「我覺得書房最需要的幾個條件是:一座便於收納與搜尋、毫不浪費任何空間的書架;一整片寬敞透光的大窗戶,最好有綠蔭掩映,讓書與人可以沐於陽光與植栽中;以及,一張大到能任性堆放或攤開各種書刊自由翻閱的書桌,與一張舒服的椅子。如此再理想不過了!」

物裡學

作者	李明璁
攝影	李明璁
編輯校對	李明璁、陳映竹
內頁設計	李明璁、曾嵩鴻
封面設計	海流設計
封面字體	空明朝體設計團隊

物 裡 學
thing - ology

大塊文化出版股份有限公司
台北市南京東路四段 25 號 11 樓
讀者服務專線 0800-006689
電話 (02) 87123898
傳眞 (02) 87123897
郵撥帳號 18955675
戶名 大塊文化出版股份有限公司

初版一刷 2021 年 2 月
定價 新台幣 580 元
Printed in Taiwan

法律顧問 董安丹律師、顧慕堯律師
版權所有　翻印必究

總經銷 大和書報圖書股份有限公司
新北市新莊區五工五路 2 號
電話 (02) 89902588
傳眞 (02) 22901658

國家圖書館出版品預行編目資料

物裡學 thing-ology / 李明璁 文字、攝影
初版－臺北市：大塊文化出版股份有限公司
2021.02;320 面 ; 14.8X21 公分 (walk 24)
ISBN 978-986-5549-44-2 (精裝)

863.55   109022250